imaginist

想象另一种可能

理
想
国
imaginist

Jenny Erpenbeck

HEIMSUCHUNG

客乡

[德] 燕妮·埃彭贝克 著　　李斯本 译

北京日报出版社

HEIMSUCHUNG by Jenny Erpenbeck

Copyright © 2007, Albrecht Knaus Verlag,

a division of Verlagsgruppe Random House GmbH, Munich, Germany

Simplified Chinese translation copyright © 2022 by Beijing Imaginist Time Culture Co., Ltd.

All rights reserved

北京版权保护中心外国图书合同登记号：01-2022-5943

图书在版编目 (CIP) 数据

客乡 / (德) 燕妮·埃彭贝克著；李斯本译 . -- 北
京：北京日报出版社，2022.11
　　ISBN 978-7-5477-3971-6

　　Ⅰ . ①客… Ⅱ . ①燕… ②李… Ⅲ . ①长篇小说－德
国－现代 Ⅳ . ① I516.45

中国版本图书馆 CIP 数据核字 (2021) 第 081576 号

特约策划：雷　　韵
责任编辑：许庆元
装帧设计：LitShop
内文制作：陈基胜

出版发行：北京日报出版社
地　　址：北京市东城区东单三条 8-16 号东方广场东配楼四层
邮　　编：100005
电　　话：发行部：(010) 65255876
　　　　　总编室：(010) 65252135
印　　刷：山东韵杰文化科技有限公司
经　　销：各地新华书店
版　　次：2022 年 11 月第 1 版
　　　　　2022 年 11 月第 1 次印刷
开　　本：787 毫米 × 1092 毫米　1/32
印　　张：7.5
字　　数：110 千字
定　　价：59.00 元

献给

多丽丝·开普兰

由于岁月漫长而世界古老，许多人可以伫立在同一
个地方，一个接一个地。

——玛丽，戏剧《沃伊采克》，
格奥尔格·毕希纳*

倘若我回来找你，

我青春的树林啊，你会否

答应，再次给予我平静？

——弗里德里希·荷尔德林

房屋建成后，死亡便步入其中了。

——阿拉伯谚语

---

* Georg Büchner（1813—1837），德国剧作家，主要作品有描写法
国大革命的剧作《丹东之死》、讽刺喜剧《莱翁采和莱娜》、悲剧《沃
伊采克》和中篇小说《棱茨》。——译者注（本书脚注皆为译者注）

目 录

序　章

　　大约两万四千年前，一座冰川不断推移，直至它撞上一块巨大的岩石露头*，虽然这露头如今不过是这栋房屋背后一座温润的小山而已。冰体施加的磅礴压力摧折、粉碎了生长在那里的橡树、桤木以及松树的冰冻树干，致使部分岩体崩裂、坍塌，被碾磨成屑，亦迫使狮子、猎豹和剑齿虎逃往了更南的居所。但冰川没有越过那段残岩峭壁。静寂缓缓降临，冰川也开始了它的工作：沉睡的工作。只是在数千年的时间里，纵使它每次不过舒展或挪动它那峭然的冰体一厘米，它还是日积月累地将身下的岩石表层打磨得平缓而光滑。在温暖的年份里，几十

---

* 岩石、矿脉和矿床露出地面的部分。

年，或几百年，冰体表面会有些微消融，而融水会顺着冰体底部那些沙土容易被冲走的地方，在巨大而沉重的冰体之下流动。于是，在这个岩石高地阻碍了冰川前进的地方，冰便以水的形式悄然滑落到了自己的身下，并由此开始后退，开始向山下滑去。而在寒冷的年份里，冰川就只是卧伏着，一动不动，重压千钧。尽管在温暖的年份里它曾在消融时于地面上刻下沟槽，在寒冷的年份里，几十年，或几百年，它又会用尽全力将自己覆压进这些沟槽，将它们再次冰封。

大约一万八千年前，冰舌*开始融化了——由于地球的持续变暖，一切来得很快；它的最南端仅在沟槽深处留下了一些沉积，孤岛一般，零落无依。后来，它们被称作死冰。

与曾经所属的冰体相割离，又被困于沟槽之中，这些冰只会融化得更加缓慢。大约在公元前一万三千年，它才再次融化为水，渗入大地，蒸发

---

* 山岳冰川从粒雪盆流出的舌状冰体。冰舌是冰川作用最活跃的地段，大部分也是冰川的消融区。

进空气里，又成落雨降下，以水的形态开始在天地间循环往复。当它因土地饱和而无法再深入渗透时，它便在蓝黏土上汇聚起来，逐步上升，径直穿透深暗的泥土层，而如今再次在它的沟槽之中变回了一个有形之物：一方清澈的湖。那些当水还是冰时从岩石上碾磨下来的沙土其时也无声无息地滑入湖中，沉落湖底，因此水下某些地方会有山脉形成，而另一些地方，湖水仍保持着沟槽原本的深度。这湖泊曾一度在勃兰登堡的群山之间宛如一面明镜映照着天空，曾一度在再次生长起来的橡树、桤木和松树之间山温水软地卧伏，直到很久以后，直到人类出现以后，才被他们赋予了一个名字：Märkisches Meer（马克勃兰登堡*之海）。但终有一日它会再度消失的，因为，与所有的湖泊一样，它也只是一时的——与所有中空的构造一样，这一个沟槽的存在也只是为了某一天被完全地填满。须知撒哈拉沙漠也曾经有水，只是到了现代，那里所发生的事情才可以用科学的语言描述为：荒漠化。

---

* 马克勃兰登堡是德国勃兰登堡州核心区域历史上的名字，曾为神圣罗马帝国的领土。

园 丁

村子里没有人知道他从哪里来。或许他一直都
在这里吧。春天，他帮农夫繁殖果树，仲夏日前后，
给野生砧木嫁接活动芽，又在树液再次流动时嫁接
休眠芽。他根据砧木的厚度选用舌接法或劈接法，
把新接穗嫁接到选定繁殖的树木上。他准备所需的
蜡、松节油和树脂的混合物，用拉菲草或纸绑扎每
一处伤口。村子里的每一个人都知道，由他所嫁接
的树木会在日后生长出最为规整的树冠。整个夏天，
农夫雇佣他收割庄稼、堆摞草垛。到了给湖岸边的
黑色土壤排水的时候，众人又都赶来寻求他的建议，
因为他知道如何将云杉绿色的枝条编织成穗，再以
适当的深度插入孔洞，把水抽出。他帮村民修理他
们的耙和犁，冬天伐木、砍柴时他也会搭把手。他

自己并无一亩三分地，连一小片森林也没有，一个人居住在树林边一间废弃的狩猎小屋里。他一直住在那里。村子里的每一个人都认识他，然而人们不论老少，都只称呼他为园丁，就像他没有别的名字似的。

富有的农场主和他的四个女儿

女人结婚时，切不可亲手缝制她的礼服，这件礼服甚至不可在她居住的房子里缝制，必须是在别处，且缝制过程必须一针不断。结婚礼服所用的布帛不可被撕开，必须用剪刀裁剪。如果裁剪布帛时出现失误，不可继续使用这块布帛，必须重新购买一块材质相同的新布帛。婚礼上穿的鞋子不可是来自新郎的赠礼，新娘必须亲自购买它们，且必须使用她积攒了数月的零钱购买。婚礼不可在一年之中最炎热的时候，也就是三伏之夏举办，亦不可在乍暖还寒的四月举办；结婚公告公布的时间不可与复活节前的受难周重合，且婚礼本身必须在满月之夜，或至少是渐圆月之夜举办；举办婚礼的最佳月份是五月。结婚公告会在婚礼日期前数周公布，并在教堂外的展示橱窗中张贴一张告示。新娘的女友会将鲜花编织成花带，装饰在展示橱窗的四周。如果这女孩在村里颇受欢迎，橱窗外就会有三条或更多的花带。婚礼前一周，屠宰和烘焙开始了，但新娘在任何情况下都不可瞥见炉灶里摇曳的火光。婚礼前一日，村里的孩子们会在下午到访，制造一番喧闹，他们会将碗碟摔碎在房屋门口，但切不可摔碎玻璃制品，而新娘的母亲会为他们送上糕点。婚礼前夜，大人们携来礼物，朗诵诗歌，尽情享用婚前的宴席，但婚礼前夜的油灯火苗不可明灭闪烁，否则将招致厄运。次日一早，新娘清扫门前的碎片，将其倒入新郎挖好的小坑。此一事毕，新娘的朋友便可为她梳妆打扮，以赴婚仪。她会戴上桃金娘花环和面纱。当新娘和新郎步出房屋时，两个女孩会捧起一条花带，把它放低，以便新娘和新郎可以双双跨过。新人必须即刻乘车前往教堂。马匹的辔头外缘会系上两条丝带，红色寓意爱情，绿色寓意希望。马鞭上也会系上同样的丝带。新人的马车上装饰有黄杨或杜松扎成的花彩。新人的马车必须行驶在婚礼队伍的最后，紧随宾客的马车，且沿路不可停顿抑或转弯。婚礼的车队必须尽量避开墓地行驶。行驶途中，新娘和新郎必须直视前方。下雨无妨，但行驶途中切不可下雪，因为每一片雪花都是一个不幸的故事*。此外，新娘切不可将手帕掉落祭坛，否则这段婚姻就将有许多的泪水。返程时，新娘和新郎的马车必须行驶在所有人之前，且必须快速行驶，否则这段婚姻便难以如愿向前发展。当新娘和新郎迈过新娘家的门槛时，他们必须跨过一样铁制的东西，譬如一把斧头，或一个马掌。婚宴上，新娘和新郎会坐在角落，即所谓的新人之角，且切不可离开那里。新娘和新郎的座椅上装饰有常青藤的藤蔓。宴席过后，一个男孩会偷偷钻到桌下，脱去新娘脚上的一只鞋，这只鞋随后会被众人拍卖，但最后必须由新郎赢得拍卖。拍卖所得归做饭的妇人所有。午夜十二点，乐声唱响，人们将新娘的面纱撕成碎片，每位宾客都会收到一小片面纱作为留念。婚礼过后，年轻的夫妇迁入新居。他们的好友会在壁炉上放置一个小袋，里面装有面包、盐和少许钱，如此这对夫妇便永不会缺少食物和钱财。这

---

* 出自一首德国民间短歌：“那么多的雪花，那么多的不幸，那么多的雨滴，那么多的幸福和祝福。”

个小袋必须在壁炉上原封不动地放置整整一年。就一场婚礼而言，最重要的两个词就是：不可，和必须，以及不可，和必须，以及不可，和必须。年轻的妻子在迁入新居后必须做的第一件事，是打水。

村长有四个女儿：格蕾特，海德薇，艾玛和克拉拉。每个礼拜天，当他驾驶马车载送他的女儿们穿过村庄时，他会给马儿套上白色的长袜。村长的父亲是上一任村长，村长的父亲的父亲也是村长，还有村长的父亲的父亲的父亲，可一直追溯至1650年，国王亲自任命了村长的父亲的父亲的父亲的父亲为当时的村长，这就是为什么，当村长在礼拜天驾驶马车载送他的女儿们穿过村庄时，会给马儿套上白色的长袜。格蕾特，海德薇，艾玛和克拉拉坐在她们父亲驾驶的马车里，马儿轻快地小跑着，在土地仍然泛潮的日子里，不等他们行至屠夫的肉铺，马儿的白色长袜上就已经溅满了泥土。一个又一个的礼拜天，礼拜仪式结束后，父亲驾驶马车，载送他的四个女儿从教堂前的基尔希韦格路下行至主街，经过肉铺，学校，砖厂，在绕过砖厂后拐离主街，左转进入沿海岸而行的乌弗韦格路，而后一路往北，抵达他位于舍弗伯格山＊半山腰处的地产，村子里的每一个人都称其为"克拉拉的树林"，因为这是她将来要继承的财产。女孩的父亲会在这里调转马车车头，夏日里，当他调头时，女孩们总会迅速跳下马车，在车道的右手边采摘一些覆盆子，但乌拉赫（村子里的人都这么称呼这四个女儿的父亲）总是刚调好车头就抽上一鞭子，一如他在工作日驾驶空马车穿过村庄，去喊他的农场工人和挤奶女工前来干活时习惯的那样，所以老乌拉赫一抽鞭子，四姐妹便会赶忙跳上马车，回到她们的座位上，于是现在他们又行驶在了回家的路上，经过砖厂、学校和肉铺，来到了村庄的另一头，来到了克洛特霍农场。这是她们的父亲从他的父亲那儿继承的农场，而他的父亲又是从他的父亲那里，他的父亲再从他的父亲那里，他的父亲复从他的父亲那里，以此类推，可一直追溯至 1650 年前后，国王把克洛特霍农场连同几块田地一同作为封地，赐给了乌拉赫的祖先。

＊ Schäferberg，今柏林西南部万湖（Wannsee）自然景区内的一座小山，德语意为"牧羊人的山"。

倘若一位少女想知道她会否很快结婚，她必须在新年前夜敲叩鸡舍的笼壁。若应声而来的是一只母鸡，则意味着她运气欠佳，但若是公鸡率先回应，她就将如愿以偿。新年前夜，她可以设法使自己的未来夫君尽早现身。若这女孩想嫁给一位船夫，她必须坐在一辆独轮手推车上，她所渴望之人就会在不久的将来出现。若想嫁给一名泥瓦匠，则必须坐在一块砧板上；若她还手持一个研钵和一把泥瓦匠的抹刀，那人必将很快到来。若想嫁给一位农夫，则必须手持一把镰刀和一柄铁锹。待嫁女儿的母亲渴望吸引求婚者上门，可以通过故意让蛛网悬挂在客厅里来达成所愿。但若蛛网遭到破坏，求婚者也将被带走。

四个女孩的母亲在生下克拉拉时死去。村长没有儿子。村庄里有一些小自耕农和佃农，两个贫农和几位农场主，但只有一个村长。

格蕾特没有结婚，因为她与农场主桑克的长子立有婚约——长子是桑克六个儿子中唯一接受了农学培训的，因为他原本要继承桑克的农场——但就在结婚前夕，他本人和他的父亲才惊诧地得知，地主*并没有选择他来继承这份产业。出于这个原因，婚期被推迟了。在地主的小舅子于第二年九月实质上接管了农场之后，格蕾特的未婚夫在不来梅港花280马克登上了一艘汽船，途径安特卫普，南安普顿，直布罗陀海峡，热那亚，塞得港，苏伊士运河，红海，亚丁湾，科伦坡，阿德莱德，最终于1892年的11月16日，在经历了六个礼拜的海上航行后，怀揣着仅有的8马克，以及一只他后来典当了20马克的金怀表，抵达了澳大利亚的墨尔本。他从墨尔本给他的未婚妻写了一封信，把这些事情一一告知，但自那以后格蕾特便再无他的音信，村长一家也永远失去了与乌拉赫的土地相毗邻的、属于桑克农场的那几块田地。

海德薇与一位夏天在克洛特霍农场上打谷的雇工纠缠不清。当她父亲从一位邻居口中得知此事时，

---

* Grundherren，指普鲁士贵族地主，即容克地主。容克地主是中世纪初通过战争获得土地的日耳曼骑士后裔，自十六世纪起长期垄断普鲁士军政要职，控制大部分土地，形成了一种特殊的封建领主庄园经济，尤其在易北河以东地区。近代资产阶级革命后，容克地主逐渐资产阶级化，容克的庄园也逐渐转变为资本主义性质的农场。

他于当天中午闯入谷仓，从那雇工手里夺下连枷，把他驱赶出了农场，嘴里叫嚷着：我要拿我的斧头把你砍死！他将他一路驱逐至树林边上，村子里的每一个人都听见了他的叫嚷，多年来的发号施令使他的声音变得洪亮无比，听上去就像被拉长了形状似的，就像一个酒鬼的哭号：我要拿我的斧头把你砍死！他一回到农场，就把海德薇锁进了阁楼的熏制室。她在那里失去了她的孩子，尽管它当年不过是一坨小小的、血淋淋的肉块。

艾玛，村长的第三个女儿，倘若是个男孩，一定会成为一位好村长的。她事事帮衬着她的父亲，在父亲外出时拨付村民的工钱，招纳农场雇工和女佣，监督林木的砍伐，也监督农田和牲畜的养护。从未有任何人提过艾玛将来的婚事，不论是在家里还是在村子里。

现在，就是克拉拉了，村长的小女儿，将来会继承那一小片树林（在那座名为舍弗伯格的小山上）的人。树林的下缘与湖泊相邻，上缘接壤着一块属于庄园*的草地，长满了覆盆子的藤蔓；往右延伸至

---

* Ländereien，意为"大片地产"，此处特指容克地主的庄园。

老乌拉赫土地的地界线，往左毗连着一个小自耕农的牧场，多年来，他与克拉拉的父亲在非法放牧的问题上一直冲突不断，因为乌拉赫声称这片牧场也是他的。鉴于这些情况，克拉拉的树林在她父亲眼中就是一座孤岛，一座他不能指望通过婚姻与其他地产相结合的孤岛。

当那渔夫在她的湖岸上岸时，克拉拉不知该说些什么。渔夫小伙也什么都没有说，他只是把绳子抛给了她。她接住绳子，把它绑到了一棵桤木上。她今天出现在她的树林里只是巧合。在发生海德薇的不幸事件后，父亲便不再用马车载送他的女儿们了。今天克拉拉是独自一人漫步于此的。她在树林上方的草地采摘覆盆子，而后沿山坡下行，穿过属于她的灌木丛和小树林：橡树、桤木和松树，想去看一眼湖水的波光，因为在克洛特霍农场上你是望不见湖泊的，哪怕在树叶落尽的冬日。

那来路不明的渔夫向她伸出手来，她帮他爬出了那条随波摇荡的小船，然后便松开了他的手。直到他再一次向她伸出手来，她才意识到他是要她继续领他前行。在山坡的半道上，在土地不再如此深暗，草叶也更加干燥的地方，一定会有留给她和渔夫的一方天地。他的头发还那样湿黏，水珠滴落在他的肩膀上，又一路顺着他的手臂，滑落至他与她交织在一起的手指上。但直到这一刻，直到她开始寻找一方可与他坐下的好地方时，她才惊讶地发现自己周围这一小片树林里，竟然有这么多的人。任何看上去适宜小憩的地方，都已经有人或坐着或站着，或斜倚在树荫下熟睡着，还有人正在用晚餐，有人倚靠在树干上抽烟，往空气中吹着烟圈。只是因为所有这些人都是那么的安静，她此前才没有留意到他们。在一棵大橡树下一处洒满阳光的地方，生长着她喜爱的那一类草植，高大，干燥，丛丛簇簇。当她在那里跪下，将渔夫拉近她身畔时，其他人终于开始挪动起来。他们将三明治、苹果和煮鸡蛋放回他们的篮子里，把他们的毯子叠好，安静地起身。那些倚靠在树干上的人现在也把香烟扔到了地上，用鞋底碾灭了烟头。一个接一个地，所有人都转身往山坡上走去，所有人都离开了这个地方，没有留下只言片语，甚至没有向克拉拉和她的渔夫挥手道别。渔夫把头枕在村长最小的、尚未婚配的女儿的腿上，而她开始用裙摆擦拭他湿黏、浓密的头发。她身后橡树的另一边，小树林里最后两位安静的、她始终没有留意到的客人现在也站起来，离去了。

红色是诞生，绿色是生命，白色是死亡。

我知道一个小东西，它的举止相当有礼。

善良有礼貌的东西。它将骨头裹在皮肉之上。

我们的地窖里躺着一个男人，他身着一百件衬裙。

地板上有东西穿过；它没有倒下，它没有敲叩。

把它扔上屋顶，仍是白色，掉落下来，已成黄色。

我们的花园里站着一匹白色母马，它的尾巴高扬入空。

一位女王正在喝茶。三只母鹿游过湖面。女王的名字叫什么？

我是一个可怜的士兵，必须站岗放哨。我没有腿脚，但必须行军，我没有胳膊，但必须战斗，并且告诉所有人，何为正义。

千疮百孔。依然成立。

起初，姐姐们没有任何察觉，除了克拉拉如今在同她们道早安和问好时，有时会表现得尤为恭敬，就像她们是陌生人，或者她已有许久未见过她们似的。另一些时候，她又会在姐姐们同她道早安时看向别处。还有一件令她的姐姐以及村里人感到震惊的事，是克拉拉经常拎着一桶喂猪的剩饭离开农场，而不是将其倒进猪圈里。她会拎着一桶剩饭步行穿过村庄，经过肉铺，学校，在绕过砖厂后左转进入乌弗韦格路。老沃纳克——他的地界右侧与克拉拉的树林相接壤——告诉乌拉赫，克拉拉总是先把桶中的剩饭倒在灌木丛里的某个地方，然后坐在草地上，背靠一棵橡树，把脚搁在倒置的桶上，有时对着空气说话，有时就只是沉默。在她的父亲将她禁足于农场后，她开始在农场里四处躲藏。她蹲在花园的树丛背后，她藏进靠墙而立的木板底下，她还会爬到木桶和箱子里去。在这座农场、在这片地产上的任何地方，姐姐们和农场雇工们都得做好随时撞见克拉拉的准备。你能经常听见她在某个隐蔽的角落里恸哭或者吵嚷，但如果你将她拉出来，她又总是表现得安静而友好。有一回，格蕾特打开杂物间的小门去拿一把扫帚，而克拉拉就站在那逼仄的空间里，冲她平静地微笑着，仿佛她已在黑暗里久候多时。还有一回，她在午餐时把手伸进碗里，当着所有人的面将那热粥抹得满嘴都是，像是有意不愿找到入口似的，并且自始至终保持着微笑，显得颇为满足。一时间，村长餐桌上的空气都凝固了。那段日子里，几乎没有雇工或女佣愿意为这位颇有权势的乌拉赫工作，毕竟这件事情非同小可，你得武装起自己以抵御某个偏离了得体举止的人可能发起的攻击。姐姐们将所有尖锐的刀叉都放进上锁的抽屉，雇工们把他们的斧头高高搁置在大门隔间的顶端——没有梯凳，一个女人便无法够到的顶端，而在克拉拉的房间里，她的父亲卸下了所有的窗闩和门内的把手，夜里，他还会亲自将房门从外面锁上。夜里，克拉拉，村长的最后一个女儿，有时会将夜壶倒置，当鼓敲打。

这是花园的钥匙，/三个女孩正在等它。/第一个名叫宾卡。/第二个名叫比贝尔德宾卡。/第三个的名字是齐格泽特扎克·诺贝尔·德·/博贝尔·德·比贝尔·德·宾卡。/然后宾卡捡起了一颗石子/打中了比贝尔德宾卡/的腿骨。/然后齐格—泽特—扎克，/诺贝尔·德·博贝尔·德·比贝尔·德·宾卡/开始了哭泣，开始了呻吟。

后来，什么事也没有发生，除了格蕾特，海德薇，艾玛，甚至克拉拉都老了，还有她们的父亲，也老了。什么事也没有发生，除了在克拉拉的树林里，一棵老橡树的树枝折断了，而后便一直躺在那里，躺在草叶和腐烂里。所有的村民都早已习惯了村长的老姑娘——他们如今便是这样称呼克拉拉的——习惯了她有时会一瘸一拐地穿过村庄，脚上穿着两只不同的鞋子，也可能只穿着袜子，就这样走到肉铺，走到学校，走到砖厂……但不会更远了。如果你问她：你要上哪儿去？她会回答：我不知道。

上一个手套 / 我弄丢了我的秋天。/ 我须得找到三天，/ 在我寻找它之前。/ 然后我走过一个花园，/ 我看见一位绅士。/ 绅士周围坐着三位桌子。/ 于是我脱下我的一天 / 祝福他们都有美好的帽子，先生们。/ 那些绅士大笑起来，/ 直至他们笑破肚皮。

老乌拉赫卖掉了克拉拉的树林。他把三分之一卖给了一位来自奥得河畔法兰克福的咖啡和茶叶进口商，三分之一卖给了一位来自古本的布料商——他在买卖合同上写的是他儿子的名字，以便安排继承，然后把最后的三分之一，也就是那棵大橡树所在的土地，卖给了一位来自柏林的建筑师——他在乘坐汽船旅行时发现了这片林木蓊郁的湖岸山坡，想在这里为他和他的未婚妻建造一栋夏日别墅。村长开始同买家敲定具体的平米数，先是同那位咖啡和茶叶进口商，然后是那位布料商，最后是那位建筑师。有生以来第一次，他没有使用胡符*或公顷来丈量土地。有生以来第一次，他所谈论的是划分成小块的地皮。数百年来，克拉拉的树林始终被看作伐木林区，每隔三十年，那棵大橡树周边的林地就会被砍伐一空，重新造林，但现在许多树木都将永远地伫立于此了，因为那位建筑师的未婚妻说了：为了遮阴。在她的父亲忙着交涉那最后三分之一土地的价格时，克拉拉，这位如今被所有人称呼为村长的老姑娘的女儿，与往常一样一瘸一拐地穿过村庄，一只脚穿着鞋，另一只脚只穿着袜子，一瘸一

---

* Hufe，中世纪德国农户的土地计量单位，大小因地而异，约合七至十五公顷。

拐地经过肉铺，经过学校，经过砖厂，然后原路返回。暮色渐沉，第一场雪飘然落下，就在舍弗伯格山那最后三分之一土地的出售者，老乌拉赫，代替他无行为能力的女儿在合同上签下名字，而建筑师年轻的未婚妻代表建筑师签下名字，成为新的土地所有者时。

直到次日，艾玛才发现了克拉拉在初降新雪上留下的脚印。它们从公共游泳区域径直延伸进森冷的湖水，总是交替出现：一脚鞋子，一脚袜子，一脚鞋子，一脚袜子，一脚鞋子。不久之后，她的尸身也被发现了，就在砖厂旁靠近湖岸的地方。湖水已将松树树根下的泥土冲刷洗去，她却被那些裸露的树根给缠住了。牧师不愿为自戕之人主持基督教的葬礼，但村长——尽管年事已高，还是被选为了德意志农民联盟的地方长官——利用其权力坚决促成了此事。

家中若有人死去，时钟必须即刻停摆。用布遮住镜子，否则你将看见两位死者。打开房屋最高处的窗户，若屋顶没有老虎窗*，就移去一块屋瓦，让灵魂得以逃脱。为死者沐浴、更衣。男人身着一件黑色外套，女人穿着她的黑色裙子。为死者穿鞋。处女以新娘装扮下葬，身着白色礼服，头戴桃金娘花环和面纱。将死者放置在稻草床上，面部覆盖一块浸过白兰地或醋的布帕，躯体撒满荨麻，以防止其发青。在男性尸体的身侧放置一把斧头。在女性尸体的身上放置一把斧头，斧柄指向脚部。尸体入棺时，将斧头移除。盛过洗尸水的容器必须埋到排水口的下方。死者躺过的稻草必须与他的旧衣物一并焚烧或掩埋。以如下话语向马厩里的动物和花园里的树木宣告这场死亡：你的主人已逝。棺材被抬过门槛前，必须停落三次。为防止棺材被抬过门槛后灵魂再度返回，所有门窗必须即刻关闭。用水冲刷地面，用扫帚清扫地板。把棺材停落过的座椅倒置摆放。为排除一切灵魂返回的可能，送葬的队伍离去时，向他们抛洒一碗清水，就像大夫或屠夫离开农场时人们会做的那样。

---

* Schleppgaube，一种凸出且开在斜面屋顶上的天窗。

园 丁

当第一批度假别墅在湖岸边兴建起来时，许多选用的都还是芦苇屋顶。湖水刚一结冰，园丁就开始帮着收割铺设屋顶的芦苇了。在这项工作上他也证明了自己非同寻常的灵巧，那些冰冻的芦苇秆在他面前就像玻璃似的噼啪裂开，他还能熟练操控运送芦苇所用的木板，那些屋顶工简直难以相信他此前从未在芦苇收割时帮过忙。他干劲十足、不厌其烦地将芦苇秆反复摔打在左膝盖上，这样那些短小的部分和零星的杂草便径直掉落地面了。然后他会将整齐利落的草捆摆放到一旁。

园丁话不多，从未有人听他提起过村子里发生的任何事，不论是有人溺死在湖里，一个小自耕农又偷偷挪动了界石的位置，还是施梅林[*]在第十二回合中击倒了美国拳手路易斯。那是我们的施梅林，屋顶工坐在他高高的歇脚处，他葺屋顶的小凳子上，朝底下正把一捆捆芦苇递给他的园丁说。我们的施梅林要去对战褐色轰炸机[†]了，真是了不起，还是你没有收音机？园丁摇了摇头。屋顶工此刻坐着的屋顶下面就是施梅林的房子。我还铺过索勒克家的屋顶，他们刚开始一起工作时，屋顶工就这样告诉过园丁，或许是为了博取这位一向以沉默著称的园丁的青睐，好让他开口说话吧，但是园丁可能根本不知道索勒克是谁。总之，他唯一的回应就是一个沉默的点头。

村子里有不少人对园丁的沉默感到不安。他们称他薄情寡义，说他眼神阴鸷，怀疑他的高额头下藏匿有种种疯癫的迹象，有些人更扬言虽然园丁将自己与他人的交流控制在最低限度，但是当他判定

---

[*] 马克斯·施梅林（Max Schmeling，1905—2005），德国拳击手，出生于勃兰登堡州一户贫民家庭，是欧洲历史上第一位重量级拳击冠军。

[†] Brown Bomber，美国重量级拳王乔·路易斯（Joe Louis）的绰号。

自己身处一方无人的花园或田地里时，他们曾亲眼看见他在锄地、挖土、除草、修剪、浇花时，他的嘴唇在不停地翕动——换句话说，他更喜欢与植物交谈。没有人可以进入他的小屋。那些趁他不在时透过窗户偷窥的孩子也只看到了一张桌子，一把椅子，一张床和几件随意扔在挂钩上的衣物。所以，就连这间小屋都是沉默的，一如它的主人，而正如沉默向来所意指的，它或许隐藏着一个秘密，又或许，只是彻头彻尾的空白。

在克拉拉·乌拉赫的那块地上，就在柏林建筑师为自己和妻子建造的房屋的芦苇屋顶几近完工时——屋顶工和园丁正要歇息一会儿，准备稍后将最后几捆芦苇铺上屋顶——房屋未来的主人加入了他们，并询问这两位村民是否知道当地有谁可以帮忙将这片树林改造成一座花园。不出所料，屋顶工推荐了坐在他身边的、依然沉默着的园丁，而园丁随后以一个简单的点头表示了同意。

园林设计师是房主的堂兄弟，就住在附近一个温泉小镇上，近日里每天都会前来与房主和园丁讨论设计，监督施工。在房屋与湖泊之间那片平坦土地的较高处，原先的松树林被清除一空，表层土壤也被增厚了几分，好让草坪可以更好地生根。房屋前方左手边那片面积较小的草坪被常青树和接骨木围起，与门廊之间仅隔着一块玫瑰花圃。

在通往湖泊的小径的右手边，那片面积较大的草坪的边界将由房屋后方那道区隔这栋房屋与隔壁地产的木栅栏来界定，只是目前那块地皮仍处于自然状态——面朝山丘的一侧以那棵大橡树和几株冷杉为界，与这栋房屋的分界就是连翘、丁香和几簇杜鹃花，而正对沙土路的那侧，是沿着一排粗石（它们标记着地产的边界）栽种的灌木。

再种几棵新树将有助于营造一种自然层次感：左边草坪尽头的一棵山楂树，右边草坪上的一株日本樱花、一株胡桃树和一株蓝叶云杉——所有这些，都是为了将视线逐步引至那些已然矗立于背景中的灌木丛或大树之上。

在通往湖泊的山坡上，为丰富那些自然生长于此的松树、小橡树和小榛树，更多灌木将被种植其间，以使这片山坡的水土更加稳固。

一条由破碎的石板铺设而成的小径，将分八

段、以每段八级台阶的方式沿山坡而下，通往湖泊的所在。

因为那片生长在湖岸上的桤木林，山坡下方靠近湖泊的土地极其阴凉潮湿，园林设计师与房主磋商后，吩咐园丁砍倒了那一带的若干树木，并沿湖岸给土地排水。为了充分利用那个并不特别吸引人的地方，房主决定在那里自己设计、加盖一个木工房和一间柴房。之后还可以在合意的位置再搭建一座码头。

山坡上方那两块自成一景的草坪，每一块都可以是一处活动场所，园林设计师对他的堂兄弟房主说。与此同时，园丁正将满满一手推车富含堆肥的土壤倾倒在门廊前未来玫瑰花圃的位置。房主说，基本上就是取景构图的问题。以及提供多样性，园林设计师说，光与影，开阔空间与密集繁茂的空间，由上往下看，以及从下往上看。园丁用铁锹的边缘将土壤均匀平铺在花圃上。纵向与横向必须建立一种相互增色的关系，房主。正是如此，园林设计师说，这也是为什么，这片天然铺泻的通往湖泊的山坡再完美不过了。园丁推着空的手推车离开。两位男士站在门廊下，从这处上佳的观景位置凝望下方的湖泊，看它在松树林泛红的树干间明灭闪动。园丁又推来另一车土壤，将其倾倒一空。驯服荒野，再使其与文明相交融——这就是艺术，房主说。正是如此，他的堂兄弟说，点了点头。园丁用铁锹的边缘将土壤均匀平铺在花圃上。无论在哪里发现美，都要善于利用美，房主说。正是如此。园丁推着空的手推车经过两位站在门廊下的男士，现在这两人都陷入了沉默。

于是，园丁砍倒了几棵松树，将其锯成木材，堆摞在柴房里，又将树根清除干净，在勃兰登堡的沙质土壤上铺盖了一层丰厚的表层土壤。他在大小两块草坪之间用天然砂岩铺筑了一条小径，并将其分八段、以每段八级台阶的方式延伸到了山坡脚下。他播草种，栽玫瑰，沿大小草坪的边缘围起绿篱，又在山坡上种下灌木，在庭院里种下山楂树、日本樱花和蓝叶云杉。当他挖坑时，他会先刨开一层薄薄的腐殖质，然后用铁锹砸打基岩，将其敲碎，因为这基岩之下才是有地下水流经的沙土层，而在这些沙土之下，就是这一地区随处可见的蓝黏土了。

曾几何时，湖水还浸漫着这座被称作舍弗伯格山，或被当地人称为"牧人之山"的高地，数千年前，这座舍弗伯格山还不过是湖面下的一处暗沙，就像今天的古尔肯伯格，或黑角、凯柏林、霍菲特、布尔岑伯格、纳克利格（这个名字的意思是"赤裸的人"），或明达赫山。园丁在挖坑时发现的基岩下的沙土层仍然保留着波浪起伏的形态，永世不变地凝固着许久以前吹拂过水面的风。园丁为树苗挖出了深达八十厘米的坑洞，又在坑底填满堆肥，如此那些绿篱、灌木、日本樱花、山楂树、蓝叶云杉和胡桃树便可以茁壮地成长。坡下的湖岸上，园丁砍倒了五棵桤木，将树根清除，把云杉绿色的枝条编织成穗，插进那些孔洞，这样底层的黑色土壤就会逐渐变干。夏天，园丁每天分两次给玫瑰、绿篱和树苗浇水，一次在清晨，一次在傍晚，同时坚持给那两块草地上的裸露土壤浇水，直至新草萌芽。

秋天，园丁修剪了所有蔓生出界石的灌木枝叶。次年春天，连翘和丁香的花期刚过，他便为它们修剪了枝桠。他为玫瑰拔除杂草，修剪花枝。他向农夫讨来牛粪，给山楂树、胡桃树、日本樱花以及连翘、丁香和杜鹃花施肥。夏天，他每天分两次给玫瑰和灌木浇水，一次在清晨，一次在傍晚。他在两块草坪上各安装了一个洒水器，它们会先喷洒向一边，然后喷洒向另一边，每天两次，每次半小时，一次在清晨，一次在暮色初降之时。每隔两到三个礼拜，园丁还会修剪一次草坪。秋天，他用一把长锯锯断大树干枯的树枝，用烟将鼹鼠熏出。秋天，他把草坪上的落叶耙成一堆，一块儿烧掉。秋天过尽，他把房屋所有的水管清空，将主阀关闭。冬天，当建筑师和他的妻子到来时，他会提前给房屋供暖，并在他们逗留期间再次打开水阀。

建筑师

多么痛苦，他不得不将一切掩埋。来自梅森*的瓷器，他的白镴水壶，还有那些银器。恍如身处战时。连他自己也不清楚他这是在掩埋，还是在为他的归来做准备。他甚至不清楚这二者之间是否有真正的区别。总的来说，他现在知道的比过去要少得多。俄国人攻入之前，他的妻子也曾把这些盘子，这些酒杯，这些银器收进箱子里，但那时她会带着这些箱子划船到湖上，把所有东西沉入水下那座名为纳克利格的暗沙。她是在游泳时发现那座暗沙的。那是湖中央的某个地方，湖水如此之浅，夏

---

* Meissen，德国小城，拥有欧洲第一家瓷器制作工厂，出产的梅森瓷器也是欧洲高级瓷器的代名词。

日里，当她在远离湖岸的地方游泳时，她的脚还会忽然被水草缠住，然后她总会大笑起来，装出一副快要溺水的样子。那些俄国人在寻找可能被藏匿起来的东西时，只会想到用长棍在草丛和花圃里戳来刺去，殊不知就在他们用棍子四处戳刺时，这方湖水正不紧不慢地拂洗着那些财宝上的尘灰，将其安然守护。但房屋的新主人想必也会有不少游泳的时间。

他很幸运，今年冬天是如此的温煦。很幸运，他还可以把铁锹整个铲进土里。他把他的白镴水壶埋在那棵大橡树的树根之间，梅森的瓷器在一株枝叶繁茂的冷杉脚下，而那些银器，在紧挨着房屋的玫瑰花圃里。安息吧。他知道，两小时后他就将坐上那列开往西柏林的火车，指甲缝里还嵌着黑色的泥垢。建筑师开始往坑洞里填土。他想知道埋在地下的白镴水壶是否会抽芽结出白镴水壶，盘子和杯子是否会结出盘子和杯子，还有叉子、刀具和汤匙是否会结出叉子、刀具和汤匙，从玫瑰花丛间破土而出。他考虑是否要把铁锹也一并掩埋，然后徒手埋上这最后一个坑洞，却发现他不再知道一些他曾经知道的事情了，比如什么是有价值的，什么不是。
当他归来时——如果他还能归来的话——再度找回
他的梅森瓷器，真的会比发现这把价值 2 马克 50 芬
尼、木质手柄在过去二十年里被园丁的手打磨得光
滑锃亮的铁锹更令他高兴吗？但这样一个木质手柄
总归也逃不过虫子的啃噬，所以他没有掩埋它。他
将它如常放回了湖边的工具棚里，放回了过去二十
年来一直有它一席之地的锄头、耙子、镐头和铲子
之中。他锁上工具棚的门，他曾用来钓鱼的金色匙
饵 * 从钥匙上悬荡下来。他沿浅石阶走回坡上，将钥
匙挂在客厅的钥匙挂板上，然后到浴室里洗了洗手。
两小时后他就将坐上那列开往西柏林的火车，指甲
缝里还嵌着黑色的泥垢。他最后一次把百叶窗的曲
柄从它藏在墙内的壁龛里拉出，用这一隐藏装置把
百叶窗从里面合上。这是他还是一个年轻小伙时想
出来的装置，为了逗他的妻子发笑。

　　他再一次走上那架楼梯，那架第二阶、第七阶
和倒数第二阶嘎吱作响的楼梯，通往工作室的走廊

---

* 一种外形似匙子的人造拟饵，多为金属制，以其栩栩如生的反光
　和摇晃效果来吸引鱼群注意。

引领着他，经过他妻子的房间，那间永远散发着薄荷与樟脑味道的房间，穿过那间置满壁橱的昏黄房间，他在那儿开了一扇小窗，半圆形的，在芦苇屋顶的遮覆下好似一只眼睛，不久前他还在这窗外看见了一只貂，它正透过它的眼睛看进屋内，而他透过他的眼睛看向户外，一时间，动物与人都怔住了，不一会儿那小东西便迅速溜走了。他镶嵌在工作室门上的磨砂窗格玻璃（置于两组三格镶板里）在他走近时最后一次发出微弱的叮当颤响，他打开门走进去，有一阵子，就只是站在他的绘图桌前，凝望着坡下的湖泊，桌上仍铺满了他在柏林市中心第一栋建筑物的设计图纸，这是他作为一名建筑师一生当中最为重要的委托，而如今也正是这份委托，招致了他的身败名裂。房梁上，他听见貂爬动的声音。那些貂还是留下来了。

他走下楼梯，下楼时，第二阶、第十五阶和倒数第二阶台阶嘎吱作响；扶手末端的尖顶装饰是他亲手削出的葡萄藤叶和累累果实。锁上门。钥匙在他裤子口袋里叮当作响，可以打开、锁上这栋房屋所有房门，包括那座养蜂场和那间柴房的门的钥匙，蔡司依康[*]，符合最高安全标准的钥匙，高品质的德国工艺。锁上门。穿过客厅。脚下玄关走廊的浅色砂岩石板，五十厘米见方——通往门廊的门，把手由黄铜制成，顶部平缓，可以被舒适地握于掌心，边缘刻有凹槽，可以为拇指提供摩擦力，当他按压下这个把手时，它一如既往地发出了一声微弱的金属的叹息——脚下玄关走廊的砂岩石板，三十厘米见方；杂物间的小门上，鸟儿正在飞翔，它们已经在此飞翔了一个世纪，那些花儿已经在此绽放了一个世纪，更多的葡萄悬垂下来，这十二个方格篇章里的伊甸园[†]；这扇小门是他从一户老旧农舍回收来的，它的美丽会令你全然忘记它所遮掩的拖把、扫帚、水桶、簸箕和手刷。取景构图，那就是他一直以来所想的事情，引导视线。厨房里一只水龙头正在滴水，关上它。透过窗玻璃的靶心，看向窗外的沙土路和小树林。彩绘玻璃令光秃秃的树木变得森绿。取景构图。这是

---

* Zeiss Ikon，知名德国光学品牌，早年是由其创始人卡尔·蔡司在耶拿创立的一家精密机械及光学仪器车间。
† 指杂物间小门上描绘的图案，圣经故事被分成十二个章节绘制在门上的十二个方格里。

新年的第一天，园丁还在沉睡，无人外出散步。新年快乐。两小时后他就将坐上那列开往西柏林的火车。

锁上门。锁上门，把钥匙留在锁孔里。他可不想他们打断他的任何一根骨头，不想他们砸破这扇门，拧断或锯开这些保护着前门玻璃的铁艺格栅，它们被漆成了红色和黑色，一如他在战前设计的国家滑翔机学校的铁艺格栅，战争一结束学校就被炸毁了，没有人知道为什么。锁上门。

他的职业过去只包含三个维度：高度、宽度和深度，他的工作从来只在于建造高的、宽的、深的东西，而如今第四个维度却追上了他：时间。时间正在将他驱逐出他的房屋，他的家。我们不会在周末有任何逮捕行动，那位官员说完便放他走了，意思是他不会被杀死，他只是应该离开、逃跑、滚蛋，躲得远远的，见鬼去吧——两小时后他就将坐上那列开往西柏林的火车。至少五年，那官员说，因为他用自己的钱在西边购买了一吨螺丝，打算用在东边，一吨黄铜螺丝，为他一生当中最为重要的建筑：

在柏林市中心腓特烈大街，一栋为这个如今要将他驱逐的国家而建的大楼。他现在知道的比过去要少得多。

那是他的职业：规划一个家，规划一处家园。围绕一方空气而起的四面高墙。在所有那些方兴未艾的空气中夺取一方空气，用铁石之爪翻腾、掀举，再将其平息、落定。家。一栋房屋就是你的第三层皮肤，你在血肉、衣物之外的第三层皮肤。家园。一栋根据主人的需求量身定制的房屋。进食，做饭，睡觉，洗澡，排便，孩子，客人，车，花园。用木材、石头、玻璃、稻草和金属来计算所有的是与否，所有的这与那。为生活规划路线，为走廊铺设地板，风景为眼睛，房门为安静。而这里，这一栋，就是他的房屋。为了让他的妻子和他自己坐得舒适，他设计了两把带有皮垫的座椅；为了观赏落日，他设计了一处看得见湖景的门廊；为了他们招待客人的共同喜好，他设计了一张可以放置在主厅里的长桌。冬日里，他和她感受到的寒意会被来自荷兰的瓷砖暖炉所缓和，滑冰后，他和她的疲累会被暖炉边的长凳所消减，甚至他在那张绘图桌上绘出的图纸也几乎可以说是由他的工作室所成就的。而现在他还得为自己感到庆幸，庆幸自己保住了性命，庆幸自己只是遭受第三层皮肤从身体之上被撕剥开去的痛苦，以及，庆幸自己得以逃离——内心隐隐闪露着微光——逃往西边的安全。

越过敌人的防线时，永远不要忘记自己的退路。即便在第一次大战时，这件事也是说起来容易做起来难。他们本可以在巴黎上空投下炸弹的，但后来那艘飞艇被击中并逐渐失去高度，最终坠毁在某个比利时村庄一间马厩的屋顶上，吊舱被压在巨大而松软的气囊下面。当他和战友从那布袋底下钻出时，他们看见几只鸡在院子里翻啄沙土，看见一只猫在太阳底下打盹。而直到村民们收起指向他和战友的枪支，并为他们搬来一把梯子时，他们才意识到这个村庄已经被德国人占领了。所以，纯属偶然，他们没有被枪杀，而是受邀爬下一把比利时的梯子，爬回了生活之中。当你从飞艇上俯瞰这个世界，仿佛在俯瞰一张平面图，然而从那么高的地方很难看清前线究竟在哪儿。对他们而言，这个他们捡回一命的村庄就只是占领区而已；对那些比利时人而言，这里是家，而前线很有可能就横贯在那只打盹的猫的胡须之间。他在那天学到的教训，是永远不要在危险跟前冒险。

他沿房屋绕到左侧，穿过那些杜鹃花丛，脚下是第二次大战时他用来遮盖所有地下室窗户的窗板。即使是现在，身处和平时期，这些窗板上仍然印有"曼内斯曼空袭防御"*的字样。第二次大战到来时，他已经老得不能上战场了，不过他也以他自己的方式扩大了他的占领区。空中作战第一原则：进攻时，确保太阳位于你的身后。

清晨，阳光轻蹭着屋前的松树树梢，这意味着接下来的一整天都将是好天气。门廊还静卧在房屋的阴影之中，早餐餐桌上的黄油还未开始融化。一整天，太阳都照耀着通往湖泊那条小径左右两侧的两块草坪。他妻子的姐姐们或坐或躺在那里，陪她

---

* 德国曼内斯曼公司（Mannesmann）生产过一种用于防空掩体和地下室的特殊格栅窗板，在遭遇空袭时可以快速封闭，保证气密性。

们的孩子们在草地上嬉戏，睡觉，读书。阳光从橡树、松柏和榛树的叶隙间流洒下来，在小径上，在铺着石板的台阶上，在分八段、每段八级、呈自然原色的粗糙砂岩上投下疏落光影；而山坡下靠近湖泊的地方，阳光就只能间歇性地刺穿桤木的枝叶，掠过湖岸边的黑色土壤。那土壤仍是潮湿的，且你愈是接近那波光粼粼的湖面，那树叶的窸窣之声便愈是响亮，那荫翳便愈是围拢上来——遮光窗板，曼内斯曼空袭防御——但所有这些只是为了蒙蔽他，一个夏日来客而已。他踏上码头。在阳光与水面之间，他会走向码头的尽头，而四周除了他，这个走在那里的人，便再无一物可投掷下阴影了。四周，太阳肆意宣泄着它的暴烈，将阳光倾倒在他与湖泊之上，而湖泊又将这暴烈径直反射给了太阳，和他，这一个此刻或坐或躺在码头尽头的人。他会观察着眼前的这一幕交换，漫不经心地从手里挑出一根之前坐下或躺下时扎到的细刺。他会闻着浸泡过松焦油的木板的气味，听着小船在船屋里摇荡的低语，禁锢着它的锁链发出轻微的哐当声响。他会看着鱼儿悬浮在清亮的湖水之中，螯虾缓慢爬行。他会感受着他脚下、腿下、肚子下的木板的温暖，嗅着他自己的皮肤的气味，或坐或躺在那里。太阳如此灼目，他闭上了他的眼睛，但即使闭上了眼睛，透过眼皮背后的血流，他依然能够看见那颗闪烁摇曳的球体。

　　如果这块土地、这栋房屋和这方湖泊对他而言不意味着家园的话，世上便再无一物可将他留在东边了。只是如今这个家已经变成一个陷阱。战争结束时，为了保住他的机器不被人从木工房里搬走，他和俄国人在柏林讨价还价、酩酊大醉了整整五个晚上；即使在第一波征收浪潮期间，他也保住了他的建筑事务所、他的生意，致上社会主义者的问候；而那封来自施佩尔*的拒信甚至最终为他赢得了红军统治下腓特烈大街项目的委托。但如今，战争结束六年后，那些共产党人终究还是要攫走他的事业了。如今，身处和平时期，他们才仿佛突然想起了这件事——曼内斯曼空袭防御，时刻盯紧你的敌人。像孩子面对一只他们无法参透其本质的动物，他们正

---

* 阿尔伯特·施佩尔（Albert Speer，1905—1981），德国建筑师，在纳粹德国时期成为装备部部长，在后来的纽伦堡审判中成为主要战犯。

将这玩物的脑袋从身体上撕扯下来，要是这东西很快便停止了抽搐，他们还会感到惊愕。

他一生都在努力把钱财转化为某种实实在在的东西，最初他只买下了这块土地的一半，在上面建造起他的房子，后来又买下另一半，加盖了那座码头和那栋洗浴小屋，他所有的积蓄，所有辛苦工作换来的积蓄，都扎根于此了——这说的就是字面上的意思，它已经像那些橡树、桤木和松树一般，落地生根于此了，过去人们称这种行为为投资，在困难时期把钱财转化为更加耐久的物品，那就是他一直以来所受的教育。但不幸的是，他一直以来所受的教育最近已经与现实脱轨，在俄国人留给德国人的不可思议的混乱中，人们对一个拥有一块土地而不是一块飞毯的人，只能抱以同情。

一个造房子的人，是把他的生命也依附于大地了。落地生根就是他的工作。造一个容身之处。在一个一无所有的地方越扎越深。从外面看，他此刻正从旁经过的客厅窗户上的彩绘玻璃显得萧索又晦暗，只有当你坐到那玻璃背后，光线才会拥有生命，只有到那时，光线才会以光的形式重新显现——当它被使用之时。丢勒*也曾透过这种彩绘玻璃向外窥望，他望见的只是世界的光，而非世界本身，他是坐在室内创造了自己的世界。如果丢勒的妻子想知道此刻有谁在纽伦堡的集市上闲逛，她必须打开一扇小翻窗才能看见底下的广场。墙越厚，窗户越小，房屋里居民损失的温暖也就越少。粗石，稻草，灰泥，全都就地取材。人字屋顶的分叉处，从人字坡顶过渡到人字坡侧的标志是一扇小老虎窗。这栋房屋看上去就像是刚刚从地里生长出来似的，就像某种活物。他亲自帮忙垒砌了烟囱。他和工人、农夫总是相处得不错。但如今不一样了，在这个政权底下，一名官员永远不知道另一名官员在忙些什么。

夏天，他总会在离开前最后游一次泳。今天，在一月份，他也决定下一次水，但不是在湖里†。就算是他的妻子也不会被这个蹩脚的笑话逗笑的，尽

---

* 阿尔布雷特·丢勒（Albrecht Dürer，1471—1528），德国画家、版画家、艺术理论家，生于纽伦堡。

† 德语"baden"兼有"游泳"（schwimmen）和"洗澡"的意思，这里的"baden gegen"指的是洗澡，译为"下一次水"。

管她通常总是不吝大笑。什么时候才能在这里最后游一次泳，他已经无从知晓。他也同样不知，德语里是否存在一种动词形式，可以巧妙地把过去说成未来。也许是九月初的某一天，那最后一次，但当时还不是最后一次，所以他也没有放在心上。它是直到昨天才变成最后一次的，仿佛时间，就算你将它紧紧攥在掌心，它也仍然会胡乱挥舞，拼命扭摆，挣脱向它要去的地方。他的绿色浴巾想必还挂在坡下的洗浴小屋里。或许现在就有别人用它来擦干身子。当他从那些犹太人手里买下这栋洗浴小屋时，他们的浴巾也还挂在那儿。他的妻子还没来得及将它们换洗，他就已经去游泳，还用一条陌生人的浴巾把自己擦干了。陌生的浴巾。布料商，那些犹太人。毛巾布。上等货。没什么好说的。他第一次申请加入帝国文化院*时被拒绝了，因为在那栏询问他雅利安人血统的空行里，他填写了"是，也不是"。无论哪种攻击，关键是从背后逼近对手。毛巾布。一位他读书时就认识的、对他颇为友善的官员

---

* Reichskulturkammer，1933 年成立的半官方文化控制机构，由政府提供财政资助，戈培尔亲自任会长。

向他指出，他曾祖父母的种族与这份申请无关，他也因此被允许再次递交申请，在那个雅利安人种的问题下回答了"是"，并附上了一份他和他的妻子追溯自祖父母一辈的血统证明，于是他的申请被接受了。是，也不是。洗浴小屋厚木板的缝隙里塞满了麻絮。所有的木工活都是临时凑合的。尽管如此，他还是向那些犹太人支付了这块土地市价的整整一半。这绝非一个小数目。他们不可能在这么短的时间内找到另一个买主。麻絮。他父亲的母亲的母亲。是，也不是。买下这块土地，就是帮助那些犹太人离开这个国家。毫无疑问，他们去了非洲。或者上海。无论是祸是福。买下这块土地，就是帮助他的"不是"离开那页问卷。去非洲或者上海，有什么分别呢？它就这样离开了，不重要了，消失了，消失了。是，也不是。确保太阳位于你的身后。从背后袭向太阳，直至万物燃烧，然后用来自马克勃兰登堡之海的湖水把火浇灭。是，也不是。幸运的话，非洲的沙漠和中国的原始森林会广袤到足以令他的"不是"在那里被饿死、渴死，被野兽吃掉。你是雅利安人种吗？是。那么他现在为什么要离开？明希

豪森男爵 * 揪住自己的头发，把自己从沼泽里拉了出来。但这片沼泽不是他的家乡。建筑师现在知道的比过去要少得多。他用犹太人的浴巾擦干了自己的身体，然后把它挂回了原处。一条白色的、毛巾布的浴巾。上等货。后来，他成为帝国文化院的一员。后来，他得到了在码头边建造一栋船屋的许可。他的浴巾还挂在洗浴小屋里，一条绿色的、毛巾布的浴巾。

他带走了备用钥匙，用它从外面锁上了大门，毕竟世事难料。蔡司依康。高品质的德国工艺。当他在破晓微熹中抵达时，大门的把手上还沾染着露水的湿气。现在，建筑师穿过篱笆上的小门离开了前庭花园，走到了外面的沙土路上。如果再多走几步，然后转过身来，你会从正面看到这栋房屋，看到与你到达时完全一样的迎接你的景象，仿佛你从未步入其中。他把钥匙放进裤子口袋，向他的汽车

* Baron Münchhausen，德国十八世纪出版的童话故事集《明希豪森男爵的奇遇》主人公，据说原型确有其人，以喜好吹嘘其荒诞不经的冒险故事而名噪一时。其中一则故事讲到他不幸身陷沼泽，四周旁无所依，于是用力抓住自己的头发，把自己从沼泽里拉了出来，多被后世引为吹牛撒谎的象征。

走去。园丁想必还在沉睡。这天晚些时候，他或许会将前日里被风刮倒的那棵蓝叶云杉锯断。但到那时，那棵蓝叶云杉的主人，还有那些附着在云杉根部、如今暴露在外的泥土的主人，已经在西柏林了。

园　丁

　　那年春天，他在房屋面朝小路的一侧又辟出了一块花圃，并应房主的要求种上了罂粟、芍药和金花菊，中央是一株高大的曼陀罗。至于边界，他只是在花枝周围的泥土里插上了几株黄杨枝条罢了，它们会自行生根发芽的。夏天，他打开两块草坪上的洒水器，它们会先喷洒向一边，然后喷洒向另一边，每天两次，每次半小时，一次在清晨，一次在傍晚，其间他会给花圃、玫瑰和绿篱浇水，清理枯落的花朵，修剪黄杨的枝叶。秋天，他第一次收获了胡桃。他耐心地把胡桃果核从它们柔软的果皮里剥取出来，那果皮将他的双手也染得棕褐。秋天，他收集起从橡树上折断的，还有被暴风雨从松树上打落的枯枝。他将它们锯成小段，劈成柴火，一摞摞堆叠在柴房里。

1936 年，马铃薯甲虫*已经蔓延过莱茵河，并且仍然在向东扩散。1937 年，它们到达易北河沿岸，而现在，1938 年，它们开始大举围攻柏林周边地区。园丁不厌其烦、一遍又一遍地将这些甲虫从曼陀罗的枝叶上摘除——作为花园里茄科植物的唯一一代表，这株曼陀罗灌木深受其害。他碾碎这些害虫的虫卵，甚至刨出这株灌木周围的土壤，试图找到并摧毁它们的虫蛹。这年夏天，那条沙土路一连数日都被甲虫覆没成了黑色。虫害伊始，那株开着鲜艳红花的曼陀罗灌木的叶片上只是零星出现了几个小洞，加之边缘有几处残缺，但到了夏末，整株灌木就只剩一副骨架、若干叶片的肋条和几根光秃秃的主枝了。那些红花早已败落一地。遵照房主的指示，园丁将那株曼陀罗的残余清理干净，在它原本的位置上栽种了一棵柏树，作为花圃的新中心。

---

* Kartoffelkäfer，世界上最著名的毁灭性检疫害虫之一，原发现于北美洲落基山脉，后随马铃薯的传播蔓延至南美及欧洲各国，造成巨大损失。除马铃薯外，还可为害番茄、辣椒等其他茄科植物。

布料商

赫米内和阿图尔，他的父母。

他自己，路德维希，长子。

他的妹妹，伊丽莎白，嫁给了恩斯特。

他们的女儿多丽丝，他的外甥女。

然后是他的妻子，安娜。

现在又有了孩子们：埃利奥特和小伊丽莎白——以他妹妹的名字命名。

埃利奥特把球丢给他的小妹妹。那球滚过草坪，停在了玫瑰花圃里。伊丽莎白不想去捡球，她知道玫瑰会扎人，于是她的哥哥又跑了过去，在花丛间迂回穿行，用手肘往两侧压弯花枝，用脚把球踢回了草坪。玫瑰的红，与一簇沿房屋外墙爬伸、将花朵呈拱形绽放于客厅窗户上的九重葛的绛红，交相映衬着。

上午，他们驾驶那台阿德勒汽车沿海岸线一路往东。阿德勒汽车，高品质的德国工艺，阿图尔，他的父亲说。是的，他，路德维希说。他们不会送货到这么远的地方来吧，会吗？他的父亲问。当然会，路德维希回答，毕竟，他们给我们送货了，不是吗？他身旁坐着他的母亲，赫米内，后座坐着阿图尔，他的父亲，还有安娜。阿图尔和赫米内，路德维希的父母，前来看望他们。两个礼拜后他们将启程返家。安娜穿上了她的白色套装，以示对公婆的尊敬。一件外套和一条裙子（来自皮克与克洛彭堡*），为移居海外特意购买的，1936 年初，43 马克 70 芬尼。

家。隔壁的地皮上传来一阵骚动，是测量员来了：几位工作人员和他们的客户，一位来自柏林的建筑师。他穿着灯笼裤站在那里，模拟了一场问候。您好。来吧，我来帮你一把，路德维希，这位舅舅，

---

* Peek & Cloppenburg，德国著名百货公司，已有百年历史。

对多丽丝，他的外甥女说。那棵松树在齐肩高的地方有一块木疙瘩似的隆起，他把孩子高举起来，坐到那上面。所以你看见什么了？他问。一座教堂的塔楼，多丽丝说着，指向了湖面。

多美的景色啊，老人说。像在天堂，赫米内，他的母亲说。阿图尔和赫米内，路德维希的父母，前来看望他们。在一张其他度假者拍摄的照片里，他——路德维希——的妻子安娜歇坐在阿德勒汽车的引擎罩上，而赫米内，他的母亲，倚靠着一小堵围墙，围墙背后，悬崖陡落千丈，直抵大海。他的父亲阿图尔和他站在女人们的身后。延绵于海湾远端的群山成为将他们四人维系在一起的背景。午餐过后，他们将开车前往崖下的潟湖和海滩，或许还会游一会儿泳。印度洋的海水徐缓而温暖，与大西洋狂暴肆虐的西海岸截然不同。两个礼拜后阿图尔和赫米内，路德维希的父母，将启程返家。

我不想玩了[*]，小伊丽莎白说着，跑进了屋里。埃

---

[*] 原文为英语。

利奥特捡起球，在地上拍打了几下，也便进屋去了。正值仲夏，屋子里暑热难耐，圣诞树上的蜡烛又耷拉下来了。

你能想象吗，老人说——他已将裤腿挽起，站在了温暖的潟湖水里——我的赛艇今年春天翻船了，就在湖岸边上。然后你父亲又自己跳进水里，帮忙把它扶正了，赫米内，他的母亲说。裤腿挽起，站在马克勃兰登堡之海中。裤腿挽起，站在印度洋里。那个从船坞驾船过来的村里来的男孩面色煞白，他的母亲说。要知道，他有一会儿是被压在船底的。那真吓坏他了。阿图尔和赫米内，路德维希的父母，前来看望他们。两个礼拜后他们将启程返家。

家。下雨的时候，你可以闻到森林里树叶和沙土的气味。一切都是小的，淡的，环绕着那方湖泊的山川之景，那么简单温和。那些树叶、沙土近在咫尺，仿佛只要你愿意，就可以将它们轻轻戴在头顶。湖水永远温软地拍打着湖岸，像一只幼犬，轻舔你浸没其中的手，水柔和而清浅。

路德维希用自己妹妹的名字给他的小女儿取名伊丽莎白，仿佛他的妹妹是跌入了地表之下如此深远的地方，从地球的另一端钻了出来，仿佛她是穿过了一整个地球，在同一年被他的妻子在世界的另一端生了出来。那么，伊丽莎白的，他妹妹的女儿，多丽丝呢？

　　铁锹的金属刮擦过鹅卵石，在铲入土壤时发出刺耳的噪音。左边，隔壁的地皮上，工人们正在挖地基。您好。

　　埃利奥特一跃跳下通往屋外草坪的两级台阶，慢悠悠地溜达到那棵无花果树下，摘下了几颗新鲜的无花果。安娜从客厅敞开的窗户朝他呼喊：给伊丽莎白也带一些。埃利奥特用英语回答：好的。为了他的孩子们，埃利奥特和小伊丽莎白，他在房屋的后院栽种了无花果树和菠萝。

　　树上为什么有银丝条*，小伊丽莎白问他，指着

---

*　仿宋字体，原文为英语。后同。

那些金属箔丝的装饰物。这是为了让这棵树看上去像是站在一片"下雪的冬季森林"（verschneiten Winterwald）里，他，路德维希，她的父亲回答。什么是"下雪的冬季森林"？那小女孩，伊丽莎白，又问。一片很深的山林，他说，那儿的大地和所有的树枝都被厚厚的雪覆盖着，还有冰柱从每一根树枝上垂挂下来。

我们先等等看吧，他，路德维希，对他的父亲说。但至少今天可以把柳树种上，阿图尔，他的父亲，对他说，举了举手里的铁锹，我答应多丽丝了。隔壁的地皮上传来泥瓦匠的抹刀轻拍在砖墙上的声音。你好。那位房主也和他们一起干活呢，他的父亲说，他不是那种高高在上、只会发号施令的人。路德维希开始为柳树挖坑。湖水近在咫尺，土壤深暗而潮湿。

这里的园丁总是在春天为玫瑰翻新土壤。他会将堆肥翻搅、筛滤一番，而路德维希会亲自给那些玫瑰修剪花枝。塞莱斯特和新黎明*，它们在这里比在世界上任何地方都生长得更好，因为这里没有霜冻。

---

* 塞莱斯特和新黎明均为玫瑰品种名。

多漂亮的玫瑰啊，他的母亲，赫米内说。阿图尔和赫米内，路德维希的父母，前来看望他们。一周半后他们将启程返家。修剪的时候，一定要避开朝向外面的花蕾，他的母亲，赫米内说。我知道，他，路德维希说着，往茶杯里添了些茶。一套茶具（罗森塔尔*制造），购于 1932 年，37 马克 80 芬尼。

另一边的咖啡和茶叶进口商也已经在打地基了，阿图尔，他的父亲说。路德维希正在为柳树挖坑。是同一个建筑师，他的母亲说，就是你左边的邻居。他还亲自帮忙垒砌了烟囱，我见过他在那上面，阿图尔，路德维希的父亲说，他是个好人。安娜现在只想要一座码头和一栋洗浴小屋，路德维希说，之后的事情我们到时看情况再定。右边的地皮上，工人们相互叫喊着。我想那应该就够了，路德维希说着，把铁锹插在坑洞旁的土堆上。他的父亲凝视着马克勃兰登堡之海的无声翻涌。家。这是你要继承的地产，他的父亲对他说。我知道，他，路德维希，

---

* Rosenthal，德国著名的瓷器品牌，由菲利浦·罗森塔尔于 1879 年创立。

他父亲唯一的儿子说。

桉树的簌簌声比路德维希听过的任何一种树木都要响亮，它们的簌簌声比山毛榉、椴树或桦树还要响亮，比松树、橡树和桤木还要响亮。路德维希喜欢它们的簌簌声，因为这个原因，只要有机会，他总是愿意与安娜还有孩子们坐在这片密密匝匝、如鳞覆盖的树林底下休息，只为听一听它们那数以万计的银色叶片齐齐捕风的声音。

阿图尔，路德维希与伊丽莎白的父亲，多丽丝的外祖父，从地上扶起那株纤细的树苗，将它放入那个坑洞，又喊来多丽丝，对她说：扶好了！多丽丝一边在坑洞边缘保持着平衡，一边用双手紧紧握住那株小树苗。家。女人们走近了。安娜的手里拿着多丽丝的鞋子，伊丽莎白对路德维希说：这儿将来该有多美啊。是啊，路德维希说。

在树皮剥落的高大树干之间，猴子们来回跳跃着。它们中最强壮的几只可以抢在其他猴子之前分得战利品。如果你给它们喂食，它们就会认定你比它们软弱，所以当你不再给它们食物，或者只是动作不够快时，它们便会粗暴地发动袭击。遇到这种状况，你要冷静地停下动作，后退。到车里去，路德维希对埃利奥特和伊丽莎白说。安娜说：不要摇下车窗。

让我来转个圈，阿图尔对他，路德维希，他的儿子说，然后亲自拿起铁锹，围绕着那颗根球，将土壤一一铲回了坑洞里。路德维希搂着安娜，他未来的妻子，两人一同看向那片宽广的、波光粼粼的湖面。家。为什么每个人都那么喜欢看湖，多丽丝问。我不知道，安娜回答。可能是因为湖上的天空太大、太空了，多丽丝说，因为有时候，每个人都喜欢什么也看不见。你可以放手了，阿图尔对多丽丝说。

桉树抽干了大地从上到下的水分，它们抢走了其他所有植物的水分，且每一场森林大火过后，它们的种子都是最先发芽的，从而排挤掉其他所有的植物。于是，通过定期脱落干枯的树枝，桉树会在节约水分的同时助长火势的蔓延，因为这些森林大火虽然对个体的树木而言并非好事，却有利于物种作为整体的分布扩散。加之桉树的树干含油量很高，本身就比其他树木更加容易着火。在重新生长起来的树木之间，森林的地表光秃赤裸，土壤亦被火焰烧得赤红。桉树的簌簌声，比路德维希听过的任何一种树木都要响亮。

等这棵柳树长高到可以用它的发丝给鱼挠痒痒的时候，你还会到这儿来看望你的弟弟妹妹，你还会记得自己帮忙种下它的那一天，外祖母赫米内对小多丽丝说。我的弟弟妹妹？多丽丝问。说不定呢，阿图尔说着，微笑地看向他未来的儿媳，安娜。赫米内说：他们现在还在亚伯拉罕的香肠锅里*游泳呢。那他们可以吃吗？多丽丝问。胡闹，路德维希，她的舅舅说，过来帮我一把。然后两人一起把树干周围的土壤用脚夯实了。一双大鞋，购于 1932 年，35 马克，和一双赤裸的小脚。家。

埃利奥特和小伊丽莎白从洒水器的水花里奔跑

---

* 出自一句德国谚语，还在亚伯拉罕的香肠锅里，指还未出生的状态；很快就会在亚伯拉罕的香肠锅里，则意味着死亡。

出来——那洒水器正不停地从一侧摇转向另一侧，而他们便任由自己被喷洒得满身是水，然后又迅速跑开。埃利奥特从无花果树上扯下一片叶子，用它把水珠挥洒向伊丽莎白的方向。而伊丽莎白也扯下一片叶子，把它挡在小脸前面，以躲避哥哥的攻击。

多丽丝捡起几颗橡树果，把它们扔进湖里。看，鱼，她说着，伸出手去，指给她的舅舅路德维希看。圆形的波纹。捕鱼好*。明天就是建筑师房屋封顶仪式的日子。

路德维希喊道：你们俩在那儿玩什么呢？小伊丽莎白把无花果树叶挡在面前，轻声说：逐出伊甸园。

赫米内和阿图尔，他的父母。
他自己，路德维希，长子。
他的妹妹，伊丽莎白，嫁给了恩斯特。
他们的女儿多丽丝，他的外甥女。
然后是他的妻子，安娜。

---

* Petri Heil，德国渔夫之间常用的一句问候语。

现在又有了孩子们：埃利奥特和小伊丽莎白——以他妹妹的名字命名。

多丽丝，外祖父阿图尔说，是时候了，我们去打桶水来给这棵树浇水吧，这样它才能好好长大。

路德维希知道，干枯的树枝会不时掉落，因此躺在桉树林里休息并非全无危险。但他喜欢听桉树树叶的簌簌声。当年在家的时候，他喜欢弹钢琴。在家的时候，他和他父亲一样是一名布料商。但在这里，他开了一家汽车修理店，专修离合器和刹车。在这里，他的园丁必须让一位官员把一支铅笔插进他的卷发。那支铅笔没有滑落。* 从此园丁的护照被盖上了一个大大的 C，从此园丁被禁止进入公园。而自从他，路德维希，来到这里之后，他甚至连碰都没有碰过钢琴。小伊丽莎白在这里弹奏着他的曲子，她上了课，且学得很快，仿佛早在她出生以前，她

---

* 此处描述的是南非种族隔离时期臭名昭著的铅笔测试，即将一支铅笔插进被测试者的头发里，如果铅笔自然滑落，则通过测试，划归为白人，如果铅笔卡在头发里，则划归为有色人种。此后，为进一步细分有色人种，当局更规定如果摇头时铅笔仍不掉落，则划归为黑人，摇头时铅笔掉落，则划归为其他有色人种。

就已经从家里带走这件东西了，这件没有重量的东西：音乐。

再给我讲一遍，湖底的山叫什么名字，多丽丝请求她的外祖父。什么山？阿图尔问。是左边邻居家的园丁刚告诉多丽丝的，路德维希说，古尔肯伯格，黑角，凯柏林，霍菲特，纳克利格和布尔岑伯格，还有明达赫山。纳克利格，女孩重复道，咯咯地笑着。伊丽莎白说，真希望我的记性和哥哥一样好。对面传来木匠敲打的咚咚声。阁楼也快完工了。你好。他们想铺一个芦苇屋顶，阿图尔，他的父亲说，或许用在你的洗浴小屋上也不是个坏主意。我会考虑的，路德维希说。

他和他的父亲，还有那木匠一起，评估了洗浴小屋的选址。它将被建在离湖十米之处，不与湖岸平行，而是呈一个轻微的斜角，面朝湖泊，仿佛面朝一个舞台。篱笆右边，在咖啡和茶叶进口商的地皮上，未来房屋的一楼已经落成，砖墙上还开有留给窗户的正方形洞口和一个一直开到地面、计划通往门廊的大门洞口。透过这些洞口你可以看见（取决于所站的位置）房屋的内部，或者，向外望去，湖泊和树林。路德维希把平面图折起。屋里至少得有一张双层床和一个盥洗台，他父亲说。我们又不会在这里过夜，路德维希说。阿图尔说：反正它们也不会占用多少空间。

用那张折起的平面图，路德维希拍死了一只刚刚停落在他父亲胳膊上的蚊子。左边，敲打声停止了。右边，能听见泥瓦匠的抹刀刮擦在裸砖上的声音。是时候结束这一天了。这是你要继承的地产，老人说。是的，他，路德维希说，我知道，说着把洗浴小屋的平面图（长 5.5 米，宽 3.8 米，外墙构造：木头，屋顶构造：芦苇）收了起来，把平面图连同那只蚊子一起收进了他的公文包。在一个德国的书架上，这只蚊子，这只在数量庞大的纸页之间被压得扁平的蚊子，将比岁月、比世代留存得更加长久，有一日甚至可能成为化石，谁知道呢。

码头（由八个铁架柱支起，其上铺有平板，每面平板由十块木板钉合而成，每两个架柱之间就铺有这样一面平板）长十二米，用松焦油漆成了黑色，以延长木材的使用年限。安娜在踏上码头之前把小多丽丝抱了起来，担心这孩子可能会掉进水里。多丽丝双腿环抱着安娜的身体。*你好。*伊丽莎白说，随她去吧，她不会掉下去的。

来吧，上床睡觉了，天还是亮的，夏天就是这样，埃利奥特呢，他比你大，但我不想睡觉，快点过来，除非你抱我，好的；小伊丽莎白双腿环抱着安娜的身体，安娜抱着小女孩，身体贴着身体，不是抱着这个孩子，就是那个。或许他娶安娜，就是因为他喜欢她身体前倾以支撑起一个小女孩的体重的样子。

这里入冬时，就意味着家那边又是夏天了，反之亦然。在那副属于路德维希的父母阿图尔和赫米内的斯卡特纸牌[†]上，永远有半个国王在阵线的这一方，半个国王在另一方。所以你也可以认为他，路德维希，一位和他父亲一样的布料商，而今只是被以同样的精确度，以赤道为轴映射到了这一方，映

---

* 原文为英语。

† Skat，起源并流行于德国的一种传统纸牌游戏。

射出了一位汽车修理工的镜像。如果你这样想的话，这片桉树林的籁籁声就如同那首古井旁的老椴树之歌*，这方湖泊的湖水就会渗透地心成为那片海洋——我们称其为地下水并非偶然，而伊丽莎白甚至，就如同伊丽莎白。

多丽丝说：现在太阳要落下去了。就算你变成一个老妇人，她的外祖父阿图尔说，你也还是会到这儿来，坐在这片湖岸上，看着太阳落到湖泊后面去。家。为什么？小女孩问。因为每个人都喜欢长长久久地看着太阳，赫米内，路德维希的母亲，多丽丝的外祖母，说。

有时候，如果幸运的话，你会看见一条桌布从桌山†上铺展下来，一层日出时轻染淡粉的薄雾之纱。

---

* 指一首广为流传的德国歌曲《菩提树》，出自舒伯特声乐套曲《冬之旅》，歌词来自威廉·缪勒的同名诗歌，歌曲第一句即"那门前的古井边，长着一棵菩提树"。事实上，欧洲并不生长菩提树，中译传唱的菩提树是被欧洲人寄寓了乡愁的椴树，因为在欧洲许多村庄里，水井旁必有椴树，而椴树下就是村民聚集交流的场所。

† Table Mountain，南非开普敦的标志性景观，因山顶平坦如长桌而得名。

他没有带走银质餐具，却打包了圣诞树上的装饰物。十二个铝制回形针，固定着蜡烛、小彩球、稻草做的星星、金属箔丝和玻璃顶饰。购于1928年，14马克70芬尼。什么是冰柱？他的小女孩，伊丽莎白问。他在湖边度过的其中一个冬日，安娜，他未来的妻子，教过他的外甥女多丽丝滑冰。什么是雪？他的小女孩，伊丽莎白问。

　　赫米内和阿图尔，他的父母。

　　他自己，路德维希，长子。

　　他的妹妹，伊丽莎白，嫁给了恩斯特。

　　他们的女儿多丽丝，他的外甥女。

　　然后是他的妻子，安娜。

　　现在又有了孩子们：埃利奥特和小伊丽莎白——以他妹妹的名字命名。

　　1936年的三月，在冬天结束的时候，他，路德维希，和他未来的妻子安娜一起踏上了追逐冬天的旅程，径直穿过直布罗陀海峡——右边是欧洲的海岸线，左边是非洲的海岸线。他们穿过这一切，从冬天抵达了冬天。只是这里的冬天没有雪，只有雨水，很多的雨水，尽管如此，他却感觉比在家的时候更冷。1937年，他的父母前来看望他们，待了两个礼拜。他的母亲说，这里真好，然后便回家去了。他的父亲说，只是可惜了你要继承的地产，然后便和路德维希的母亲一起回家去了。小伊丽莎白还远未出生，连埃利奥特都尚未到来，他们俩还在亚伯拉罕的香肠锅里游泳。他的父母前来看望他们。阿图尔和赫米内，从古本*前来看望他们移居开普敦的儿子路德维希，而现在他们要启程返回古本，要启程回家了，从夏天抵达夏天，径直穿过直布罗陀海峡——右边是非洲的海岸线，左边是欧洲的海岸线。他和他的妻子安娜在港口伫立良久。他一句话也没有说，他的妻子同样一句话也没有说。

1939年，当阿图尔和赫米内终于开始申请离境签证时，他们以市价的一半把路德维希的地产，连同那座码头和那栋洗浴小屋一起卖给了隔壁的建筑师。基于他在这笔交易中获得的利润，建筑师向国

---

* Guben，德国勃兰登堡州城市，与波兰相邻。该市边界重新划分后，属于波兰的部分改名为古宾（Gubin）。

家财政当局缴纳了 6% 的去犹太化收益税。

这笔房款——他的父母阿图尔和赫米内将用它来支付旅费，踏上一段路德维希不断恳请他们尽快出发的旅程——必须转入一个冻结的银行账户，直至他们的护照发放下来。大约在同一时间，他们被禁止进入公园了。埃利奥特学会了不牵妈妈的手走下通往花园的三级台阶。路德维希和他的园丁——他的头发是那样卷曲，插进去的铅笔会一动不动地卡在那里——种下了一棵无花果树和那三株菠萝中的第一株。

荷兰参战时，路德维希父母的护照发放下来了，但是他们已再无可能把钱电汇给轮船公司。路德维希知道，躺在桉树底下休息并非全无危险。但他喜欢听桉树树叶的簌簌声。即使园丁摇头，铅笔也不会掉落。埃利奥特说出了他的第一个单词：妈妈。安娜再次怀孕了。

在阿图尔和赫米内走进罗兹郊外库尔姆集中营的毒气室，在阿图尔的眼珠因为窒息而从眼窝之中进出，赫米内在垂死挣扎中排便在一个她从未见过的女人的脚上两个月后，他们所有的资产，包括还留在德国境内的、属于他们已经移居海外的儿子路德维希的资产均被没收，所有冻结的银行账户均被销户，所有的家庭用品均被拍卖。阿图尔和赫米内的所有财产，包括出售湖边那处包括一栋洗浴小屋和一座码头的地产所得，变成了由帝国财政部部长所代表的德意志帝国的财产。

这座城市也被称作 Mutterstadt，Moederstadt，母亲之城。圣诞节前不久，恩斯特，路德维希的妹夫，多丽丝的父亲，在一处公路施工工地执行强制劳动时感染上斑疹热，几天后便离世了。复活节后的星期一，轮到伊丽莎白和多丽丝踏上她们的旅程了。这应该是一段很短的旅程，伊丽莎白写信给他，路德维希，她的哥哥时，还坐在那列火车上。一把开信刀，乌木的，锡制手柄，购于1927年，2马克30芬尼。路德维希的回信从开普敦发往华沙需要六个礼拜，从华沙回到开普敦也需要六个礼拜。它是原封不动地回来的。三个月后，小伊丽莎出生了。在母亲之城，在最美丽的世界尽头。

园 丁

地产的面积扩大了。房主安排园丁拆除了篱笆，砍倒了曾经是隔壁地产最高点的几棵松树。园丁将松木锯成小段，劈成柴火，一摞摞堆叠在柴房里。在这块最新购得的土地的最高处还有一片平坦的林中空地，园丁将那里的灌木连根清除，在深秋到来时开始为果树挖坑。五棵苹果树，三棵樱桃树，三棵梨树，应房主的要求。当他挖坑时，他会先刨开一层薄薄的腐殖质，然后砸打基岩，将其敲碎，露出有地下水流经的沙土层，那沙土层仍然保留着波浪起伏的形态，凝固着数千年前吹拂过水面的风，最后，在这些沙土之下，就是这一地区随处可见的蓝黏土了。园丁挖出了深达八十厘米的坑洞，又在坑底填满堆肥，如此那些果树便可以茁壮地成长。

他从他一手建立的主屋的地下排水系统中分流出了若干管道，这样那些幼小的果树就可以获得额外的水分。园丁还在那些果树之间增铺了一层表层土壤，并播下草籽。等到第一次霜冻降临的时候，光秃秃的土地上就会长出青草。

建筑师的妻子

你听过这个吗？好，开始咯。

她忍不住又大笑起来，尽管她已经听过这个笑话很多遍了。她大笑着，反正其他人也都已经在笑了。她真的很爱笑。小时候，她有时会被困在她的大笑里，她的父亲就是这么形容的，被困在大笑里，仿佛是她的身体在紧攥这大笑不放，绝对不放，痉挛似的阵阵大笑就这样连绵不绝地、与她无关地喷涌了出来。就连她的大姐姐们——她们不论去哪儿都得带着她——也会在她做斗鸡眼、扮鬼脸，被她们说服把喷嚏粉当作药用盐治疗鼻塞，或者用辣椒代替甜椒的时候，被逗得哈哈大笑。她会打喷嚏、吸鼻子或者吐口水，而其他人会哈哈大笑。一个走钢索的人，那就是她想成为的，要么就是一名驯兽师，但这件事她从未向任何人吐露，包括她的父亲，那位莫卧儿大帝，实际上是总领事。在她的姐姐们一个接一个地长大、变胖、生儿育女的时候，她只想要用一生来欢笑和旅行。不像她们，她情愿一生漂泊羁旅。然而，等她到了可以在钢索上保持平衡，或者可以开始驯兽的年纪，莫卧儿大帝，实际上是总领事，却提议让她去上速记班。速记，大帝对驯兽师说，和掌握六门外语一样有价值。全世界都需要速记员和打字员，莫卧儿大帝说。而现在她正和她的丈夫还有几位友人一起坐在屋外的门廊下，围着一口大锅，锅里漂浮着她今天下午亲手从湖里抓来并将它们煮到通红的螯虾，手里拿着一只虾钳，笑个不停。即使在战前她也会像现在这样，和她的丈夫还有几位邻居，不然就是几位友人一起坐在这里，这也是她在战争期间仍然会做的事情，她会坐在屋外的门廊下，凝望着湖泊，直至夜深人静，而直至夜深人静，她也还是会坐在这里。她很乐意永生永世就这样坐在这里。

在遇见她丈夫以前（她一结束学业就开始做他的速记员了），她绝不会想到，有人要娶她为妻这件事会成为她此生最大的冒险之一。当时，她的丈夫还与他的第一任妻子在一起，他是有家室——有一个妻子和一个孩子的人，人们会这样说。有生以来第一次，一连数夜，哭泣从欢笑那里借走了她的身体。一年过去了四分之三，她的老板才给了她第一个吻，又过去了半年，他们俩才开玩笑地说起将来要一起生活，然后又过去了几个月，一次柏林郊外的远足，他躺在她身边的草地上，躺在这片宽广的、波光粼粼的湖泊旁，突然对她说：这里是我们可以一起生活的地方，你觉得呢？直到这一天，走钢索的人才明白，一个拥有着各式各样的东西，包括一个妻子和一个孩子的人，必须静坐片刻，然后起身，然后开始走动，然后，在很长很长的时间过后，加快一些步速，只有到那时，这个人才会纵身一跃，而如果他真能做到的话，当一个人像这样纵身一跃的时候，他想要的必是着陆，而非踏空。直到这一天他才对她说：这里是我们可以一起生活的地方，你觉得呢？而她正仰面躺在那里，看着蓝天下摇摆不休的松树林——从这一天起她可以确信了，确信只要她愿意在这块距离柏林不算太远的土地上等待，他就终会来到她所在的地方。于是这位年轻的速记员，这位情愿一生漂泊羁旅的速记员，给出了连她自己都感到惊讶的回答：是的。

此后又过去了半年，他才真正准备好买卖合同，并让她在上面签了字，这样等他最终离婚时，这地产的一半才不会归他的妻子，一个当时仍与他有着婚姻关系的人，和他们的儿子所有。总之，事情一开始耗费了一段她想象得到的时间，后来，是两倍于此的时间，已经达到她可以忍受的极限，最后，又多出了一段额外的时间，终于超出了她可以忍受的极限。她在那份湖畔地产的买卖合同上签字时已是心力交瘁，以至于当她未来的丈夫用 Scholle* 一词来指代那块土地时，她不禁回想起很久以前一个凄冷的柏林冬天，还是个孩子的她偷偷从岸边跳到冰封的施普雷河上，而她偶然跳上的那块冰因为受力而断裂，开始顺流漂浮而下。不断地跌滑、站起，小脚在湿透的鞋袜里冻得像冰，还得拼命抓住向她摇晃着伸过来的手臂、梯子和竹竿——但压倒一切的是她的恐惧，在被任何人成功解救之前就漂流出

---

* 德语，兼有"地皮"和"浮冰"之意。

柏林的恐惧——让她筋疲力尽，尽管身上还湿答答的，她就在那个把她抱回家、交给她父母的男人的怀里睡着了。

合同签署后，建筑师确实离了婚，并在不久之后娶她为妻，开始建造这栋房屋。她的笑声又回来了，而她的丈夫，仿佛是要将这欢笑永久地筑造进这栋屋子，满足了她提出的每一个离奇骄奢的愿望：他命人在她房间的露台栏杆上锻铸了一只小铁鸟；他将她的衣橱藏了起来，在一扇双开门后设置了打开它的秘密装置；电话可以摆放在她床头墙面上的小壁龛里；床上用品可以收纳在她床榻四周墙面上、覆盖着玫瑰色丝绸的三块活板背后；房屋的各个窗户都镶嵌着彩绘的窗格玻璃；餐厅的两把座椅，一把刻着他名字的首字母，另一把刻着她的；一楼的百叶窗可以由一个藏在墙内的曲柄开合——有人经过时，用这无声无息、幽灵一般的黑色百叶窗吓唬陌生人，是多么有趣啊。像一位侍奉在她左右的精灵，他为她召唤来了这栋房屋，只为博她一笑。没有婴儿房的计划，两个人都理所当然地接受了这一点。

她继续在她丈夫位于柏林的事务所工作，但每个周末他们都会开车去乡下，而由于她丈夫不久后便开始为这个或那个想在湖畔建房的邻居设计住宅、监督施工，他们花在这一小块"地皮"——她丈夫仍然喜欢这样称呼这块土地——上的时间越来越多，他们的朋友圈也日渐扩大。当大家围坐在一起吃鳌虾时，夫妇俩中的一个，有时是他，有时是她，总会开始讲笑话，且笑话讲得越多，越能够游刃有余、看似偶然地打断彼此，逗得客人们频频大笑，而他们也越能够巧妙娴熟地说出他们的点睛之句。我们没和你说过这个吗？他如何，然后她怎样，然后他如何，而她怎样，他又如何——她当时是多么的惊讶啊，她真的是那样以为的，但最后他，果然，她说着，无声地摇了摇头，以填补那一定会到来的停顿的空隙。她丈夫接着往下说，她插话，他细细道来，但她必须补充一点，他同意了她的看法。就在故事的高潮到来之前，她总会忍不住提前大笑起来，然后终于，是那句点睛之句，然后每个人都大笑起来，所有人都笑啊，笑啊，再一瓶啤酒，再一杯葡萄酒，哦太好了，我不用了，谢谢，一杯苏打水就好。就这样，建筑师和他的妻子为他们自己和他们

建筑师的妻子　　　　　　　　　　　77

的客人消磨了许许多多个夜晚的时光。

现在既然结了婚,建筑师的妻子明白了,所谓冒险,就是永远将自己置于陌生之境,将自己抛入眼前安稳的生活,带着她所有与生俱来的对漂泊的钟爱。况且这处地产,尤其考虑到它依山傍水的地理位置,也不失为一处合宜的避难之地。她的姐姐们——她们现在都已经是母亲了——站在码头上,看着她以自由泳的方式游过汽船的航线,越游越远,直至她的泳帽变成一个针尖似的小点,而她们自己总是待在靠近湖岸的地方,和她们的孩子们一起在浅水里嬉戏;她的姐姐们也喜欢吃螯虾,但是当她们的妹妹毫无惧色地抓起那胡乱挥舞的东西的颈背,将它们扔进网里,她们总会发出阵阵尖叫;当她的外甥和外甥女们的秋千被那棵大橡树的树枝缠住,也总是她会立即手脚并用地踩上树皮的沟壑,噌噌攀爬向上,跨坐在树枝上往前挪动,直到她可以把缠进枝叶里的绳结解开,就好像这是最稀松平常的事。她的姐姐们和她们的孩子会一直睡到管家敲锣召唤他们去吃早餐,而她会在早餐前出门散步至少一小时。清冷的早晨,出门时大门的把手上还沾染着露水的湿气。她会爬上山顶的树林，穿过将湖泊尽收眼底的原野，返回家中。每年夏天，她的姐姐们都会带她们的子女前来拜访，在她这一小块"地皮"上待上几个礼拜。她们游泳，吃喝，交流食谱，看她们无儿无女的小妹妹欢声大笑，让她们的身体融化在午后小憩的荫翳里。她们是来这里放松的，人们会这样说。但尽管如此，尽管她们克制着自己不做任何剧烈的运动，这些女人们看上去还是一点儿也不放松。她们看上去更像是在等待着什么，却发现自己很难等到它。

就这样，许多年过去了，却恍若一年。金龟子灾害*出现在 1937 年还是更晚那一年，她已经说不上来，但时至今日她仍然记得那声响，那是她和她的外甥一起出门骑脚踏车、车轮滚轧过那些甲虫时听到的声响——那些甲虫已经将那条沙土路铺成了一片黑魆魆的、密密麻麻的表面，而她至今没有忘记它们在她车轮下发出的噼啪声。所有的夏日都像同一

---

* 即马铃薯甲虫灾害。此处或为强调建筑师的妻子记不清马铃薯甲虫的确切名称。

个夏日。他们开始使用隔壁废弃地产的码头是 1938 年还是 1939 年，或者难道是 1940 年？她的丈夫又是什么时候在码头边建起那栋船屋的？她已经不太能够确定。他肯定是在隔壁地产属于他们之后才开始建造船屋，但那又是哪一年？一年又一年的夏天，游泳，日光浴，在房屋对面的树林边上采摘覆盆子；一年又一年的秋天，听着园丁在花园里耙拢落叶的声音，闻着园丁燃烧起霉腐的落叶堆的气味；一年又一年的冬天，乘冰上快艇在结冰的湖面上穿梭飞驰，然后用冻红的手指收起风帆，迅速缩进屋里，在暖炉旁把双手烤到生疼；一年又一年的复活节，把煮熟的鸡蛋藏在早春初开的、送给外甥和外甥女们的鲜花里。全都像同一年。今天可以是今天，也可以是昨天或者二十年前，她的欢笑可以是今天的欢笑，可以是昨天的欢笑，也同样可以是二十年前的。时间仿佛可以随时听候她差遣，仿佛一栋她可以时而步入这一间、时而步入那一间的房屋。你听过这个吗？尽管她一生都在欢笑，她的金发还是悄无声息地变成了白发。今天，昨天，还是二十年前，她和友人们就坐在这里，围着一口大锅，锅里漂浮着她亲手抓来的螯虾，她牢牢抓住它们的颈背然后将它们煮到通红的螯虾。吃这样的螯虾并不轻松。首先你要将这东西的头部拧下来，吮吸里面的汁液，然后你得拔掉虾脚，用一根小签子挑出其间的嫩肉。螯虾身上最好吃的是它尾部的肉，那里也被称作螯虾的心脏。在吃它之前，你得先把内脏清除干净，搁到一旁。

幽默就是笑对一切，她说，在过去二十年来无数个夏日夜晚中的某一个，当她正吮吸着一只螯虾的精髓。他们的一位友人，一位电影导演，刚同大家抱怨了造型部门的日子最近有多么难熬，他们不得不把雅利安演员化装成闪米特人的模样，这样他们才可以出演那个讨人厌的骗子伊普梅埃*和他的仆从。但是，至少在试映样片里，他们看上去就像真的一样，导演说着，叹了口气。她丈夫说，希望总会有的，而她说，幽默就是笑对一切。幽默就是笑对一切，她说，在过去二十年来无数个夏日夜晚中的另一个，当她正破开一只螯虾的外壳。她丈夫正和友人们说起他必须去趟西边，动用自己的私人存

---

* Ipplmeier，1939 年上映的反犹主义电影《罗伯特和伯特伦》中的犹太富商角色。

款为年轻的共和国购买一批螺丝，因为上头明确要求他不得超出预算，但又必须赶在三周年纪念日前完成他眼下正在建造的大楼。整个东边都找不到我要的螺丝，简直难以置信，他说，然后她说：幽默就是笑对一切。在过去二十年来无数个夏日夜晚中的某一个，她的丈夫告诉其中一位客人，战争结束时，俄国人把花园改造成了他们的马场，所有东西都被踩踏糟践了，他甚至看到园丁在哭。他一人说完了所有这些事情，他的妻子一言不发，只是一直在用餐巾擦拭自己的手，而现在轮到他们的友人，一个毕竟只能根据别人的讲述发表评论的人，通过重复那句话，对话题作出他的贡献了：幽默就是笑对一切。他一边说，一边从锅里捞出了一只鳌虾。如果不是那个夜晚，那个躲在她丈夫专门为她打造的、大得可以走进去的衣橱里的夜晚，她或许仍然相信，当她丈夫把买卖合同推到她面前签字时，他是在为她买下一块永恒，而这块永恒在任何地方都没有一处破损。

　　甚至到今天，每当听见有人提起战争，她第一时间想到的还是她自己的身体向她发起的战争，就在第一批炸弹掉落在德国境内的时候。尽管食物的供给在不断减少，她的身体却仿佛一夜之间，完全不合逻辑地，发胖了，在其他先前较胖的人，比如她的姐姐们，都因起初的兴奋和随之而来的饥饿而变得苗条，然后愈发瘦削，最后几近枯槁时。第六军在斯大林格勒城外投降了，但早在那天清晨她就已经被潮热打败，那些覆没在她嘴唇和鼻子之间的汗津仿佛细小水珠凝结而成的胡须，它们令人难堪，但擦去它们只会令她更加难堪。俄国人向波兰进军了，她开始感到晕眩，一日数次，不得不常常抓着桌沿或门把手来稳住重心，以免跌倒。最后，就在盟军在诺曼底登陆的时候，甚至连哭泣也回到了她的身体，那样紧攥不放、拒不离去，仿佛一位久被遗忘的债权人前来收回她不再记得的债务。她，一个在其他人眼中永远那般男孩子气的人，如今却在每个清晨大汗淋漓地站在镜子前，抓着水池的边沿好稳住重心，以免跌倒，一边擦拭泪水，一边躲避着那张圆润、白皙，却并不与她分享任何回忆的脸；与这张脸相比，镜子左右两侧窗户上的彩绘玻璃看上去要熟悉得多——那是她丈夫镶嵌上去的玻璃，只是因为她想要。

这段时间她感觉很不好，不得不邀请一位外甥女前来做伴，也帮忙打理家事。与此同时，她的丈夫正忙着关闭他在柏林的建筑事务所，忙着打包施工图纸、为所有文件寻找一处防火的储藏地。真好，电话就在床头触手可及的小壁龛里，因为现在即便是白天她也会常常待在床上。当她把听筒放在耳边，听她丈夫告诉她谁又被埋在了瓦砾堆里，哪栋大楼又被夷为了平地，还有地下室里是多么的拥挤不堪，她凝望着锻铸在她露台栏杆上的小铁鸟的彩色羽毛，凝望着小铁鸟身后树叶落尽的小树林的枝桠，然后透过那些枝桠，凝望着波光粼粼的马克勃兰登堡之海。直到施劳弗高地战役*之后，她才将外甥女送去了西边的亲戚那里，以免她受到斯拉夫人的侵扰，而她自己则带着最后的一点食物和饮用水，躲进了双开门后那个大得可以走进去的衣橱。然后俄国人就来了。

她不愿想到那个词语，那个他呼唤她的词语，

---

* "二战"中的最后的一场堑壕战，施劳弗高地上的防线也是柏林城外的最后一条主要防线。苏军突破施劳弗高地后，柏林战役进入最后阶段。

那个他在她的永恒之上永生永世地钻凿了一个破洞的不可想象的词语。她的身体，一个当时已不能生育的身体，把他吸引到她面前——那个男人知道，这个词语会夺走她所有的力量——把他如此残忍地吸引到了她的面前，在一段长如一场分娩的时间里，掐灭了长久以来驻守在她身体里的欢笑。那个夜晚，躲在她丈夫专门为她打造的、因为当时还是一个马戏团小公主的她想要的隐藏式衣橱里，她终于与她的敌人联手了。直到首都沦陷，她的丈夫才回到她身边，等待他的只有一座被踩踏糟践的花园和一位在这满目疮痍中哭泣的园丁。他的妻子与他分食了俄国人留给她的半截面包。

你听过这个吗？一位音乐家正在巡演。他怀孕的妻子说好会告诉他孩子降生的消息。他们的暗号是：甜瓜。这位音乐家就待在舞台上演奏。终于，一天晚上，一位同事从舞台侧面向他小声通传：甜瓜，甜瓜，甜瓜——两颗有柄，另一颗，没有！有些东西你每次听到都忍不住想笑，这个笑话就总是很成功，每一个人都会大笑起来，建筑师总会大笑起来，他的妻子总会大笑起来，哪怕她自己就是讲笑话的那个人，而他们的客人们也总会大笑起来。巡演的音乐家，甜瓜，没有。大约十五年前，演员利特克（他娶了一位歌剧女伶，就住在那条沙土路的尽头）讲得比她还要好，他会用他的双手比画出丰满的乳房，再引用一句《风流寡妇》里的台词：因为我的蜜瓜——嗯，千金难买！巡演的音乐家，甜瓜，没有；哪怕在战争期间，当隔壁的咖啡和茶叶进口商告诉他们，屠夫的女儿刚生了一对双胞胎，尽管她身在东线战场的丈夫已经有一年多没有获得休假许可，这个笑话也依然管用。巡演的音乐家，甜瓜，没有。今天，当笑声散尽，建筑师的妻子对她丈夫的一位友人，国家汽车轮胎联合企业的主任说：你知道吗，我觉得希特勒要求我们女人为国家多生孩子这件事完全不可理喻——我们又不是机器。她的丈夫说：我的妻子以她自己的方式实际参与了抵抗运动。国家汽车轮胎联合企业的主任笑了，建筑师笑了，他的妻子也笑了。

将近六年了，时间始终在那个破洞，那个俄国人于战争即将结束时在她的永恒之上钻凿出的破洞里流逝着。只是因为时势艰难，某种接近历史静滞的时刻才有机可乘。只是因为时势如此艰难，时间，哪怕只是流逝，都显得困难重重——它得慢慢来——战争结束六年后，建筑师的妻子是否还坐在她的门廊下，围着一口大锅，锅里装满煮到通红的螯虾，是否还会为她的友人们奉上她准能成功的点睛之句，而她自己却笑得比其他人更加厉害，以及，是否还会凝望着那片湖泊，那片在此期间已被收归国有的湖泊。时间正在流逝，当建筑师的妻子挽着丈夫的手臂，送她的客人们到大门口，在黑暗中朝他们挥手道别的时候，时间正在流逝，当这对夫妇返回屋内，摞起堆满虾壳的盘子，把它们收进厨房的时候，当她对他说她累了，而他说他想在外面抽最后一根烟的时候，当她走上楼梯，在房间里脱下外衣，换上丝绸睡袍，然后走进洗手间的时候，镜子左右两侧窗户上的彩绘玻璃在夜色里显得比其他玻璃更加幽暗，时间正在流逝，当女人在床边坐下，用樟脑油擦拭腿部、用薄荷膏抚摩胸部的时候，时间正在流逝，当她透过露台半掩的小门，朝她还在楼下门廊上抽最后一根烟的丈夫道出晚安的时候，时间正在流逝，流逝，当她把乳白色的丝绸睡袍挂回它的衣架，挂进那个大得可以进人的衣橱的外层的时候，流逝，流逝，当她躺下、入睡的时候。流逝。很快她就将住进一套位于西柏林的一居室，然后是一家位于火车站附近的养老院。从她逃往西边的那一日起，直至她生命的最后一刻，她将一直把紧急情况下可能急需的所有物品随身携带在手提包里，一些像是回形针、橡皮筋、邮票、写字用的纸片和铅笔之类的东西。而在她的遗嘱里，她将把湖畔的土地以及那栋将永生永世散发着樟脑和薄荷味道的房屋——那栋房屋在纯粹的法律意义上仍然属于她，尽管它坐落于一片她除非冒着被捕的风险否则再不可能踏足的国土——留给她的外甥女和她外甥的妻子。但不留给任何一个男人。

园 丁

那年春天，根据房主草拟的平面图，在那片最新购得的、紧挨着那些果树的土地上，一座面朝南方、有着十二个蜂群的养蜂场被修建起来，如此既可以提高果树的产量，又可以产出蜂蜜获得额外的收益。放置养蜂设备的小屋隔壁就是摇蜜*的小屋，由于园丁对养蜂也颇有了解，而他从今往后将把除花园维护以外的全部时间都投身于养蜂，他很快便在摇蜜小屋里临时搭起了一张小床，并最终征得了房主的同意，彻底搬了进去。

村子里的波兰劳工说，马铃薯甲虫——它们早

---

* 即提取蜂蜜，用特定装置产生的离心力使蜂蜜分离出来。

已越过了奥得河——现在正在穿越波兰。夏天，园丁每天分两次给花圃浇水，连同房屋一侧面朝沙土路的柏树，门廊上面朝湖泊的玫瑰，以及沿大草坪边缘生长的连翘、丁香和杜鹃花：一次在清晨，一次在傍晚。他开始养成抽雪茄的习惯，这样当他坐在养蜂场的门槛上休息时，那些烟雾就能把蜜蜂赶跑。秋天，他把那棵大橡树周围的落叶耙成一堆，一块儿烧掉。他锯断松树的枯枝，将它们锯成小段，劈成柴火，一摞摞堆叠在柴房里。

女　孩

现在，再没有人知道她在这里了。周围的一切都是黑暗的，而这黑暗密室的核心，就是她自己。这样的处境，这样甚至没有一丝狭小裂隙允许光线透入的处境是为了救她性命，但它也意味着再没有任何东西可以将她与黑暗区隔开来了。她想找到一些证明自己存在于此的证据，但是她找不到证据。她，多丽丝，恩斯特和伊丽莎白的女儿，十二岁，生于古本。但是现在，置身于这样的黑暗，这些字眼又属于哪一个人呢？当她坐在她小小的木箱上，膝盖顶着对面的墙壁，把双腿时而往右边靠一靠，时而往左边挪一挪，以免它们沉入睡梦的时候，时间正在流逝。或许时间正在流逝吧。或许时间正在将她愈来愈远地带离那个曾经可能是她的女孩：

多丽丝，恩斯特和伊丽莎白的女儿，十二岁，生于古本。再没有人可以告诉她，这些字眼是否已被抛弃，是否只是在无意之中闯入了这间密室、这颗脑袋，或者它们是否真的属于她。时间已将它自己楔入了她和她的父母之间，楔入了她和其他所有人之间。时间已将她拖走、锁进了这间黑暗的密室。这里唯一有色彩的，就是她在这层层围拢的黑暗之中仍然记得的东西，是她之所以为她的核心。她把这些色彩斑斓的记忆蔽护在那颗被光线舍弃了的脑袋里，属于曾经是她的那个人的记忆。曾经或许是她。她是谁？她的脑袋是谁的脑袋？她的记忆现在又属于谁了？黑暗的时间会一直持续下去吗，即使一个人已不再做任何挣扎，就只是坐在这里？时间会一直持续下去吗，会把一个即使已经变成了石头的孩子也拖走吗？

古尔肯伯格，黑角，凯柏林，霍菲特，纳克利格和布尔岑伯格，还有明达赫山。那天，当她的舅舅把她高举起来，坐在那棵松树的隆起处时，她以为从那么高的地方，她真的可以认出水下所有的山脉。园丁告诉过她那些山脉的名字，她至今都还记得。最高的高地上矗立着一座沉没之城的教堂塔楼，它的塔尖如此之高，顶端的风向标几乎要从波浪里探出水面。在湖水颇为平静的水底，在那座城市的街道和广场上，倘若她眯起眼睛，她甚至可以辨出一些人影，他们走来走去，或坐着，或站着，或倚靠着某个东西——透过隐隐闪烁的湖面，她看到了那座城市所有的居民，看到了他们寂静无声的人流，那些与城市一起沉没在水波之下的人，那些在水底自在走动而无须呼吸的人，他们就那样或走动，或静坐，或伫立在那永恒的生命里，与他们此前在陆地上的生活并没有什么不同。她蹲坐在那棵松树上，环抱着它覆满鳞片的树干。从那个高度，她还能看见鱼群在淹没了那座城市的天空之上游来游去。等她的舅舅再把她抱下来时，她的小手已沾满了松脂，黏糊糊的。她的父亲拨起一撮沙土，帮她把松脂擦掉了。

当女孩坐在她黑暗的密室里，不时尝试挺直身板，却总是把头撞上她藏身之处的天花板时，当她睁大双眼却仍然无法看清密室的四壁时，当黑暗如此浓重，她甚至无法辨别她身体的边界时，那些日子的回忆重又造访了她的脑海。那些日子里，她的整个视野都漫溢着色彩。云朵、天空和树叶，橡树的树叶，垂落如发丝的柳树的树叶，脚趾间的黑色泥土，干燥的松针和青草，松果，覆满鳞片的树皮，云朵、天空和树叶，沙子，泥土，湖水，码头上的木板，云朵、天空和反射着阳光的波光粼粼的湖面，还有码头下的阴凉湖水，她可以透过木板的缝隙看见它，在游泳后趴在温热的木板上晒干身体的时候。舅舅离开后，她的外祖父又带她继续航行了两个夏天。外祖父的小船肯定还停泊在村子的船坞里。四个冬天了。现在，分不清外面是白天还是黑夜，女孩伸出手去，想要抓住外祖父向她伸过来的大手。她从码头爬上小船的船沿，看外祖父解开把小船牢牢拴在码头上的绳结，将绳索抛到船上。

这栋女孩藏身的位于纳瓦利皮耶大街上的楼房里，所有的窗户都还是敞开的。不过几天前，所有的房间里都还挤满了渴望呼吸的人，但现在，一切都彻底静止了。房间里的人不见了，下面的大街上也再没有任何人走动，没有人拉车，没有人说话、喊叫或哭号，就连风声都听不见了，也再没有窗户、没有门会砰的一声关上。当女孩坐在她黑暗的密室里，把膝盖时而往右边靠一靠，时而往左边挪一挪的时候，当密室外面，这间公寓里的一切都静止着，公寓外面，下面大街上的一切都静止着，甚至这条大街外面，整片街区所有街道上的一切都彻底静止着的时候，女孩又听见了昔日的一切：树叶的簌簌声，波浪的哗哗声，汽船鸣笛，船桨浸落，隔壁工人大声喧哗，风帆飞扬鼓动。从 C 大调，你得经过 G 大调，D 大调，A 大调，E 大调和 B 大调，一路过渡至升 F 大调，逐次移高，一次一个升号。但是从升 F 大调回到 C 大调只是一小步。从弹奏所有的黑键到弹奏所有的白键是最短的旅程，就在你回到最基本的 C 大调的白键之前，一切都是黑色的*。他，路德维希舅舅，在启程去往南非前曾这样教过她，而多丽丝此刻就在以这样的方式，在这片彻底的静止与空无之中，用她的回忆撞击着时间，趁一切尚在。

现在摆在她面前的，只剩下一场短暂的过渡。

---

* 钢琴以黑键弹奏升降音，C 大调没有升降，所有乐音都在白键上，而升 F 大调几乎所有乐音都在黑键上。

不是在她的藏身之处被活活饿死，就是被人发现，被人押走。所有曾经知道她是谁的人，都不再知道她身在此处了。这正是这场过渡如此无谓的原因。一步一步地，她走到了这个地方，几乎就是尽头了，换句话说，她的道路必然有一个起点，而站在那个起点的她与生命之间的距离，必然就像此刻她与死亡之间的距离一样微不足道。那个起点看上去必然与生命相差无几，它必然就崭露在她视野中央的某个地方，只是当时她尚未认出它就是这条道路的起始，而这条道路会将她带往一处她时至今日才终于认清的地方。等这棵柳树长高到可以用它的发丝给鱼挠痒痒的时候，你还会到这儿来看望你的弟弟妹妹，你还会记得自己帮忙种下它的那一天。那时的生活仍然完好无损吗？每当想起路德维希舅舅，她总会看见他手拿铁锹，站在湖岸边的样子。每当想起他的未婚妻安娜，她总会想到安娜在抱她起来之前对她说，你先把自己变轻点，好像这女孩只需动动脑子便可以减轻体重似的。当她的外祖父在锁上洗浴小屋之前最后看了眼他自己生产的毛巾，然后把钥匙留在锁孔里，留给它的下一任主人时，她想到的是他的小船，今年夏天它将第一次留在陆地上。

秋天，她的父母把她送到了柏林，和她的姨妈住在一起，这样她就不会因为她的犹太血统而在学校里遭人嘲讽了。整整两年，一个又一个的礼拜天，在霍亭佐伦广场的教堂做过礼拜后，她总会在姨妈家厨房的窗边坐下来，给她的父母写一封信，但礼拜一到礼拜六她不写信，为了节省信封和邮费。她和外祖父母吃的最后一顿饭——他们在柏林莫阿比特区的莱维佐夫大街上被围捕，被押走了——是姨妈给他们做的夹馅甜椒。新年前夜，一位朋友送给她一个装满棉花和小扁豆的小碗。如果你让棉花保持湿润，小扁豆就会长成一片小森林。在一月的羊毛大收集运动中她犹豫不决，不知除了上交她的帽子和那条大围巾外，还要不要交出她的小围巾，因为她可以把它像头巾一样扎起来，这样至少她的耳朵还可以保暖，但万一被人发现了呢？他们的巴西签证不断被宕延，为防事情有变，她开始在零下十二摄氏度的天气里穿着薄皮鞋而非靴子前去上学，为转赴波兰而锻炼着自己，因为波兰肯定比柏林还要冷。她必须烧掉父亲寄来的最后一封信，女孩的母亲在信里写道，因为有传染病的风险。允许女孩搭乘火车返家参加父亲葬礼的法律没来得及生效。那片曾经属于她舅舅，在她舅舅离开后，她与外祖父母一起又度过了两个夏天的地产所依傍的湖泊正好位于柏林和古本的中点，而她，多丽丝，恩斯特和伊丽莎白的女儿，十二岁，生于古本，那个时候，是否也正好走到了她生命的中点？还是多一点，抑或少一点？

现在她要撒尿了，但她不能离开这间密室，这是她的母亲离开去工作前叮嘱她的。她的母亲再也不会回来了，因为在此期间，这套公寓里的所有住客，这栋位于纳瓦利皮耶大街上的楼房里的所有住客，还有这栋楼房所在的整片街区的所有住客，全都不见了。在此期间，这片街区无疑已经被封锁了，因为它已经彻底静止很长一段时间了。但是只要这句话还有效，她的名字就仍然是多丽丝，她就仍然存在着：多丽丝，恩斯特和伊丽莎白的女儿，十二岁，生于古本。于是她起身，把脑袋抵在她藏身之处的天花板上，试着用这样的姿势撒尿，好让她一直坐着的木板不被弄湿。

锡耶纳，潘斯卡，特瓦达，克罗赫玛娜，乔德纳，格拉泽鲍斯卡，奥格罗多娃，莱什诺和纳瓦利皮耶——女孩藏身的地方，然后是卡尔梅利卡，格西亚，扎曼霍夫和米娅。*当你在十二岁时死去，你是否也算提前衰老了？一切都越来越少了，他们不得不丢下越来越多的行李，或者是有越来越多的东西从他们身边被拿走了，好像他们已经虚弱到无法携带所有这些生活必需的物品似的，好像有人正试图将他们从所有这些物品里解脱出来，从而迫使他们迅速衰老似的。两条毛毯——没有褥垫，可以支撑五天的粮食，手表，手提包，没有文件。她的母亲就这样牵着她的手，走进了犹太人的隔离区，而她们走进的这片城区，也几乎是空空如也了。没有树木，更遑论公园了。但同样的，也没有河流，没有汽车，没有有轨电车。剩下的街道少之又少，背出它们的名字甚至不用一遍主祷文的时间。这个世界尚存的一切都可以轻易地步行历遍，即便你只是一个孩子。况且，随着末日逼近，这个世界还在不断地萎缩。起初是较小的隔离区被清空、废弃，现在轮到这片大隔离区的南部了，而剩余的部分也注

---

* 均为华沙街道名称。

定在劫难逃。别这么野，当她滑过镶木地板，从房间的一头溜到另一头时，她的父亲总会这样念叨。但现在，在这里，她是一个野孩子了。只是在这里，野的意思是：不去代替别的女孩，不让别人数她的头，装死而不是报告死亡，不吃不喝地活下去。她一生从未比现在，在这间小小的密室里，不说话，不唱歌，不能起身，坐着时膝盖还总是撞到墙壁的现在，更像一个野孩子。她，多丽丝，恩斯特和伊丽莎白的女儿，十二岁，生于古本，一个野孩子，一个又瞎又聋、四肢几乎无法动弹的老妇人。

在巴西，她的父亲曾经说过，你会需要一顶防晒的帽子的。巴西也有湖吗？当然。巴西也有树吗？是这里的两倍高。那我们的钢琴呢？放不下了，她的父亲说着，关上了集装箱的门，关上了她的书桌、几个装着床单和衣物的手提箱，她的床、床垫，还有她所有的书。关上，锁好。这个集装箱一定还矗立在古本某家轮运公司的码头地段上，然而所有这些事情都已如此渺远，就算她现在抵达了巴西，她的床对她来说已经太短了，她的衬衫、长筒袜、裙子和上衣也已经小了好几码。当他们为移居巴西打包装箱时，他们在古本的公寓就已经如泡影消散了；在女孩被送往柏林后，她寄送礼拜日信件给父母的地址几经变更，从古本一处破败的角落到了一处处更加破败的角落。但是对她的父母或她而言，只要他们移居海外的希望仍在，为巴西打包装箱时即便要推翻自己过往的记忆也并不可惜。当她父亲接到通知，要去公路施工工地进行强制劳动时，那台为抵御热带高温而造的冰箱还等待在那个集装箱里，等待在轮运公司的码头地段上。而直到她父亲亡故，他们才清醒地认识到，把他们在古本的日常生活打包装入那片黑暗，事实上一直以来都是一种预感，一种把他们自己打包装入黑暗的预感。而今不论物品或人，都已走入终局。

唯一还可以指望、唯一还像它自己，即便在这里，在她黑暗的密室里，女孩也能说得出它此刻模样的地方，就是路德维希舅舅的房子。或许这就是为什么，她对自己在那里度过的那些周末和那两个夏天的记忆，比其他任何事情都更加清晰。在路德维希舅舅的房子那里，她依然可以从一棵树漫步至另一棵树，可以躲进灌木丛里，她可以看着湖泊，知道那湖泊仍在那里，而只要她还记得这个世界的某样东西，她就尚未抵达那陌生之境。

事实上，事情早在数周前就已发生，确切地说，是在六月的那一天。那一天，她的母亲到格西亚街的黑市上变卖手表，而她独自等待在卡尔梅利卡街的一个书摊旁。她发现了那本母亲一直不让她读的书，一本名叫《圣冈瑟或无家可归的人》的小说。就在那一天，当她等待在卡尔梅利卡街上，在拥挤的人群中挣扎着站稳脚跟，一边翻阅这本书，一边庆幸这个流动书摊的老板无力阻止她免费看书的行径，就在那一天，他们家在古本的所有财产从集装箱里被逐一搬出，顺序与她父母两年前为巴西之行将它们装进集装箱的顺序正好相反，被一位卡尔·普弗鲁格先生和一个指派给他的名叫波歇尔的检查员逐一搬出，准备拍卖。就在那一天，当她花了很长一段时间站在卡尔梅利卡街上读书，因为她没有钱买下这本书，而只要一直读下去，她就不会想到夹馅青椒或苹果酱松饼或哪怕只是一片抹了点黄油和盐的面包。就在六月的那一天，大约是她抵达华沙的两个月后，她在古本的童年小床，批量编号48，在她并不知情的状况下以 20 马克的价格拍卖给了诺伊施塔特大街 17 号的沃里茨切克女士；她的可可壶，批量编号 119，拍卖给了阿尔特邮政大街 42 号的舒尔茨先生（从他们原先居住的地方往下走几栋楼便是了）；还有她父亲的六角手风琴，批量编号 133，以 36 马克的价格拍卖给了萨尔茨马克特大街 6 号的莫斯曼先生。就在这一天的夜晚，她在宵禁前才回到住处的夜晚，1942 年最漫长一日的夜晚，一阵幽微的初夏晚风，掀动覆盖在死者身体上的报纸，将腐烂的气味吹送到空气里的夜晚，就在这一个夜晚，她在天色未暗时弯弯绕绕地朝住处走去（在这里她已经习惯了这样走路），以免被沿途的尸体绊倒的夜晚，就在这一天的夜晚，失去母亲的孩童的哭声在楼道里回荡，一如其他所有夜晚的夜晚，就在这一个礼拜一的夜晚，她的母亲给她做了用手表换来的土豆，很有可能就是她这辈子吃到的最后一顿土豆的夜晚，就在这一个夜晚，属于恩斯特、伊丽莎白和多丽丝的所有床单被套都被成对地拍卖了，价格区于 8 马克 40 芬尼至 8 马克 70 芬尼之间，批量编号 177 至 185，现在正整洁地叠放在威特格、舒尔茨、穆勒、塞勒、朗格曼、布鲁尔、克莱姆克、弗罗里希和乌尔夫家中放置床上用品的壁柜里。

　　这里如此黑暗，大概和船底一般黑暗吧。那天，那个村里来的男孩试图把小船驾驶到码头，却在靠近湖岸的地方翻了船。他走回村子之前，女孩带他去了山坡上沙土路旁的覆盆子灌木丛，而男孩后来作为回报，教过她游泳，就在湖岸边，湖水如此清浅的地方，当她划水时，她的小脚还会擦蹭到湖底。那是她初次体验到被水浮起的感觉。也是在那一年的夏天，隔壁房屋的女主人还教过她怎么抓螯虾。但是螯虾真的存在吗？湖泊，小船，覆盆子灌木丛？在她看不见的地方，那个男孩也依然存在吗？除了她，还有任何一个人留在这个世界上吗？现在，她越来越清晰地意识到了一件事情，一件她从未真正细想过的事情：如果再没有人知道她的存在，当她也不复存在时，还有谁会知道这一个世界？

　　她没有留意到，她所藏身的这栋老楼的地板并不十分平整，何况在一片黑暗之中，她根本什么也看不见，她自然也看不见这一条小小的溪流是如何从她藏身密室的小门底下流出，流入华沙被废弃的纳瓦利皮耶大街上一套废弃公寓的废弃厨房里。当专项突击队在一名德国士兵的带领下接管这套公寓时，这条溪流已经在厨房的地板上汇聚成了一汪小小的湖泊。

这是她最后一次背对太阳，沿扎曼霍夫大街北上。在她身旁还走着一些她不认识的人。所有幸运的巧合如今都散尽了气数。如今，他们所有人都终于要永远地回家了。他们列队穿行过一个又一个街区，在空无一人的街道上，在楼房阴影下的铺路石上，还散落着早于他们行经过这条道路的人留下的七零八落的桌椅或床铺。犹太人的隔离区向来不大，女孩非常清楚她经过、告别了哪些地方。列出这几条街道的名字，甚至不用一遍主祷文的时间。

施梅林，他们说，有一回把一根树干搭在肩膀上，就这么一路从他在附近温泉小镇的夏日别墅走到了村里人游泳的深水潭。这是为了锻炼他的手臂肌肉，那个村里来的男孩这样对她说。她说她不相信，但男孩坚持说那是真的，说当施梅林到达时，他本人就在现场。在那个深水潭边，施梅林把树干从肩膀上一把抛下，就像它是纸糊的一样。然后他伸长双臂，跳进水里，游了出去，游得那么远，远到你再也看不见他了。一位村民大喊起来：看在上帝的分上，我们的施梅林溺水了！他相信施梅林是真的溺水了，因此恳求大家游出去追上这位拳击手，救他一命。但这件事从头到尾只是个玩笑。

车厢里的一百二十人中，大约有三十人在这趟两小时的车程中窒息而死。作为一个没有母亲的孩子，她被认为是一个可能妨碍事情顺利进行的麻烦，因此在他们抵达的那一刻，便被与几个行动不便的老人和一些在来路上发了疯的人一起被赶到了一旁。她被领着走过一堆高得像山的衣物——像纳克利格，她不禁想到，然后便记起了她自己的笑容，那是当园丁告诉她那些水下暗沙的滑稽名字时，她脸上浮现的笑容。有两分钟，她头顶上方拱筑着一片苍白、多云的天空，像快要落雨前从湖岸边往水里看的样子。有两分钟，她深深呼吸着她如此熟悉的松树林的清香，只是被高墙围挡着，她不能看见那松树林本身。她真的回家了吗？有两分钟，她可以感觉到鞋子下面的沙土，还有一些由石英或花岗岩构成的燧石和砾石；然后她永远地脱下了她的鞋子，站上了那块木板，等待枪毙。

没有什么比睁着眼睛潜水更加美好了。一直下潜至你刚游完泳、正在浅水中蹚水上岸的母亲和父亲的微光盈盈的腿部。没有什么比挠他们的痒痒更加有趣了。隔着湖水，听他们发出阵阵虚渺的尖叫，因为他们知道这样会让他们的孩子开心。

女孩上了三年的钢琴课，但现在，当她的尸体滑落进那个深坑的时候，钢琴这个词语从人类手里被收回了，现在，女孩能比其他同学完成得更好的单杠上的后空翻被收回了，连同一个游泳者会做的所有动作，抓住一只鳌虾的手势被收回了，还有所有基本的航行要点，所有这些东西都被收回、归入了万物未凿的混沌，然后最终，最后，女孩自己的名字也被收回了，一个再也没有人会这样叫她的名字：多丽丝。

女 孩

园 丁

冬天，园丁用手推车把早年风干的柴火搬上主屋，为女主人和她的外甥女生火取暖。

他修剪苹果树和梨树。春天，他帮女主人搬下装有所有值钱物品的箱子，以免它们落入俄国人手里。当她坐上小船，准备把箱子沉落到纳克利格的暗沙上时，他为她取来船桨和桨架。俄国人到来后，在花园里安置了将近两百匹马，大约七十匹在房屋旁的小草坪上，一百三十匹在通往湖泊的小径右手边的大草坪上。这些马匹在正要解冻的地面上磨蹭踩踏，不出一日便把花园变成了一片泥沼。它们还嚼食周围一切可以为食的东西：连翘灌木的新叶和花朵，冷杉绿篱的嫩枝，丁香和榛树的花蕾。俄国人也收缴了所有的蜂蜜。与此同时，那些马铃薯甲虫——它们踏上的是一段与红军的行进方向截然相反的旅途——已经进入苏联境内，正意欲摧毁那些幸免于德军之手的土豆地。

红军军官

一夜之间,又有十二匹马被拉了过来。现在有超过两百匹马在这个花园里站着、喷着鼻息、刨着土地。年轻的红军军官走过它们,仿佛走过一个以无月夜空为屋顶的马厩。动物的气味,把花园从夜色里关上了,比墙壁、比大门更加密不透风地关上了。小树林的黑影、灌木丛的黑影,渐次覆没了马蹄之下被踩踏摧残的草地,覆没了对这个年轻人而言如此熟悉的动物们的身体,如此熟悉,他甚至可以闭上眼在马匹之间穿行,就这样走回屋子里去。其他人已经听从他的命令再次出动,去寻找可能躲藏在附近乡间的动物。屋子里弥漫着他手下士兵排泄物的恶臭。安营的家宅愈是富庶,他们便愈是肆意地随地排泄,就像他们有必要采取这种方式为某种失衡恢复均势似的。士兵们彼此怂恿着，在光亮的石砖地板上拉屎，在刷漆的大门上撒尿，在暖炉后面呕吐。为此他已经撤退到了房屋的二楼，保留了一间带有露台的小房间供自己使用。他自己是在露台上撒尿、在花园里排便的，但也只是因为他更愿意独自解决这些事情罢了。士兵们的愤怒是直到最近，直到他们深入德国的领土，才达到要用自己的身体脏器来发动战争的程度。他们占领的德国房屋愈多，他们便愈是为一个问题所折磨：为什么这些德国人不能安守在这个地方，这个在任何一个方面都毫无任何一处匮乏的地方？

年轻的红军军官与老兵们的诸多行径始终保持着距离，但不包括战斗。这也是为什么，尽管他的皮肤还散发着一个孩童的柔和光泽，他却已经是一名少校了。他是在十五岁时志愿参军的，在他的母亲、父亲、姐妹都被德国人杀死之后。那天他从围场回到家里时，最先发现的是他的小妹妹，只有四岁。脸朝上，漂浮在井水里。前一天晚上她还躺在他身边，躺在他们共用的小床上，呼吸着。从那时起他便一直战斗在最前线，只是不知从何时起，驱逐已经让位于进攻，对家园的防卫变成了对他乡的征伐，而那片土地他原本此生都不可能踏足。像一根被从大地上拔起，然后高高抛入空中的杂草，他被一股来自他身体之外，来自他仍然年轻的身体之外的力量驱使着前进了，一股推促着他去行军、去战斗、去夺取，以求把德国人从地图上越推越远的力量，把他们推到他们自己国家的边境之外，一路推过瑞士或者法国或者奥地利和意大利，越推越远，直至他们被推下地中海或者大西洋，而他还将追着他们跃入深渊，下沉，下沉，直至他们的动作和他自己的动作被溺死在同一片静寂之中。他的小妹妹可能是跑出了房子，在外面被德国人抓住了。他的父亲、母亲和姐姐连同他们的房子一起被烧毁。他母亲的手、乳房和眼睛，都在那栋房子里被烧成了灰烬。

他此刻躺着的床榻四周垂落着半墙高的玫瑰色丝绸。丝绸背后藏有几块宽大的、镶在墙上的木质活板，可以用一把四面齿的钥匙打开，活板背后是他已经睡了有好几日的被褥。这被褥闻起来有一股薄荷和樟脑的味道，一如他在床榻对面的浅衣橱里发现的乳白色睡袍。这个浅衣橱左右两侧各有一根木头圆柱，衣橱本身被嵌置在墙体里，像一扇门，可以用一个黄铜把手打开。橱门内侧装有一面穿衣镜。搬进这个房间时，年轻的红军军官曾打开这扇门，想看看后面是什么，他看见了挂在那儿的睡袍，不知为何，他将这布料攥在手里，深吸了一口它的香味，薄荷和樟脑，与此同时，镜子无声映照着他的形影，从他短短的俄罗斯头发，到他鞋底已经磨薄的靴子，他穿着它们从他的家乡一路行军至此，所有这些都映照在这面德国镜子里，然后年轻人关上了橱门。有时候，夜里独自一人时，他会走向那面浅衣橱，打开它，不知为何，把他的脸颊埋在乳白色的面料里，全然不顾自己在镜中的样子，过一会儿才又关上橱门，上床睡觉。今晚也是如此，他把手掌伸进光滑细腻、色泽莹润的布料，将它拉近自己的脸，在手指间摩挲着，用面料内里的粗糙表面摩挲它内里的粗糙表面，让薄荷和樟脑的清香充盈他的肺部，然后关上橱门，躺回床上，在他四周的墙面上垂落着玫瑰色的丝绸；露台的小门向漆黑的夜色敞开，下面的花园里，马匹轻声地嘶鸣着，刨着土地，喷着鼻息，仿佛置身于一座巨大的一直延伸到星空的马厩，一切声响都淹没其中。

　　但今晚还有一些意外的声响，一阵窸窣声，像貂在阁楼里筑窝。他昨天还捉住了一只貂，那小东西的皮毛现在就垂挂在小露台的栏杆上，他又一次听见了一阵窸窣声，从嵌置着浅衣橱的墙体后面传来。年轻的红军军官迅速起身，甚至没来得及思考墙体后面根本没有空间可容纳一只貂。他打开橱门，挂着睡袍的那面墙后，声息戛然而止。这时他才后退一步，将浅衣橱从上到下打量了一番，又检查了位于衣橱两侧的木头圆柱，这时他才发现它们并非直通地面，圆柱与地面之间尚有几厘米的空隙，发现——他现在已经跪到了地板上——那些小轮子最外侧的弧形也几乎完全隐藏在圆柱里面。这时他才发现浅衣橱正前方的软木地板已经被磨出了一道半圆，尽管装有镜子的那扇橱门开合起来并无阻碍。于是，就在他思索和意识到所有这些发现的几分之一秒里，他也思索和意识到浅衣橱的背后有人正在呼吸，而且这个人也已经知道他所有的心思，此刻正在静待这无比漫长的一秒钟的结束。

他矬摸他的左轮手枪，轻轻关上那扇装有镜子的橱门，然后，没有事先转动那个黄铜把手，猛地将其一把拉开。不出所料，其中一根木头圆柱从墙壁的镶板上分离了出来，伴随着一阵微弱的嘎吱声，整个浅衣橱在他剧烈的拉拽下转动起来，仿佛这个年轻人是翻开了一本木书厚重的一页。他注视着眼前这个早先被隐藏起来的深衣橱，他看见了夹克、连衣裙、外套、衬衫和上衣，一件一件紧挨着垂挂在一起，它们上方的隔层里叠放着毛衣、围巾和帽子，衣橱的挂杆和搁板一直延伸进橱门右侧的黑暗。有什么东西在那里窸窣作响，但年轻的红军军官看不真切。一阵扑面而来的恶臭——尿液和粪便的恶臭——吞没了他，就在这些垂挂着的衣物底下，他看见了一个溢满污秽的罐子。有人因为害怕而排便，有人因为无法走出藏身之处而排便，还有人因为愤怒而排便，他想，而所有这些加在一起，就叫做战争。也许德国人是太习惯于隐藏了，他突然想到，他们甚至把床上用品藏进墙壁，设计木格栅来遮挡暖气片，现在他又在无意间发现了这个秘密衣橱。他们甚至没有考虑过战争可能会卷土重来，他们就只想把所有这些从他们自己的眼皮底下隐藏起来。如今它们终于又被拖拽出来了：衣物，珠宝，脚踏车，牲畜，马匹，女人。如今人人都看见了它们，连他们自己也被迫看见了一切。所有东西都被拖拽到日光底下付诸使用，所有活着的人都不再清洗身体，所有身埋瓦砾的人都已经腐烂，因此也开始发臭。

红军军官从衣物中间挤过，左轮手枪指向黑暗，指向衣橱的深处，直到他碰到一具身体，一具他伸手够到时无声反抗起来的身体。战前，红军军官还只是个男孩，战争期间他对女人从未产生过兴趣，但在这里，当他收起左轮手枪，以便能够用双手牢牢摁住那个在他的紧攥之下不停挣扎的什么东西时，他是如此专注于这种摁压和紧攥，同时被这种摁压和紧攥逼入了如此亲密的距离，他甚至来不及思考自己在做什么，就已经在黑暗之中摸到了一个女人温热的乳房，一个仍然在挣扎着，却在这种挣扎之中迫使他愈加贴近自己的女人，然后他感觉到她垂落在他脸颊的头发，最后，当他终于将她逼至最深的角落，当她开始撕咬他的手臂而他将她的手臂反扣到她背后，他捕捉到了一丝薄荷和樟脑的香气，这是躺在床榻上等候疾病到来的味道，这是年长醇熟与和平时期的味道。

　　他逐渐平静下来，平静地，他开始亲吻那对他看不见的嘴唇，他，一个从未亲吻过任何人的嘴唇的人，亲吻了一对很可能属于德国人的嘴唇，一对饱满的，可能略微有些枯萎了的嘴唇，他无法判断，因为他从未亲吻过任何人的嘴唇，然后他松开了她的手臂，开始抚摸那女人的头，她已不再挣扎，但是他听见了她的哭泣，而他抚摸着她的头，仿佛是在安慰她。然后他便不知道接下来该怎么做了，虽然他经常目睹他的士兵在类似情况下的所作所为。妈妈，他开口，不知道自己在说什么。这里太黑了，你甚至看不见自己说的话，她猛地推开他，他趔趄着跌倒，她踢他，他试图再次摁住她，在这个过程中抱住了她的膝盖。她一动不动地站着，然后缓缓把裙子往上拉了一点。他的前额抵着她的小腹，她裙子里面似乎什么也没穿，他呼吸着从那鬈曲毛发上散发出的生命的气息。她开口说了一两个词，但在这漆黑一片的藏身之处，她的话也是隐而未显的。或许战争只在于模糊前线而已，因为现在，当她将这士兵的头按进她两腿之间，可能只是因为她清楚他手握武器而她最好别妄作挣扎时，她开始引导他了，或许战争只在于一个人出于恐惧而引导另一个人，然后是另一个人反过来引导这一个人，如此循环往复，一如此刻这个年轻的士兵，或许只是出于对女人的恐惧，正将他的舌头伸进那鬈曲的毛发，伸进那鬈曲的毛发而舔到了某种类似于铁的味道。一股暖流从他脸上流淌下来，起初徐缓温和，后来愈加猛烈。这个女人正在他脸上排尿，就像他手下的士兵在一楼玄关处那扇刷漆的大门上排尿一样，所以她也在发动战争，还是这是爱？年轻的士兵不知道，二者之间似乎颇为相似，而现在，该轮到他来引导她了。他仍然跪在那里，在所有的潮湿之中，眼泪开始从他的脸上流淌下来，他的眼泪与那条淹没了他的大河有着同样的温度，在这个德国衣橱的最深处，他的眼泪正与那条大河交织相融。他没有引导她，反而跪在女人的脚边，不加掩饰地抽泣起来，但或许正是他的软弱，比使用蛮力更有效地让女人卸下了防备。因为现在她终于将他拉了起来，用一件垂落在他们之间的衣物擦干了他的脸颊，开始轻声地与他说话。现在她只要拍拍他的屁股，便可以把他赶出这个衣橱，就像一位母亲催促她的小儿子快去上学。

在他的故乡根本没有这种事。他的童年仿佛止步于他的故乡。在他的故乡，上学路上的女孩们总是扎着两条辫子，或者用宽大的红色丝带和三角巾把辫子编成发环。她们走路时高昂着头的样子，是他在这里、在德国任何一个女人身上从未见过的，好像所有可能压垮她们的东西都从她们的肩膀上卸去了。夏天的傍晚，她们就这样高昂着头散步，最后一次散步到田野的尽头，手挽着手，两两结伴，甚至三人同行，叽叽喳喳，嬉笑打闹，从倚靠在椴树下的男孩们身旁走过。燕雀飞起，男孩们围簇着那棵椴树，或坐或站着。有时，极其少见地，在女孩们回家的路上，他们能成功与她们攀谈几句，但只有一次，其中一个女孩接受了邀请，坐到了椴树下的长椅上，男孩们一下都站了起来，清瘦、稚嫩，互相怂恿推搡着，而女孩只坐了五分钟，与他们闲聊了几句俏皮话。在他的故乡，他从来没见过女人像在德国这般，在大街上或公寓里公然卖身，他也从来没见过不雅的照片或者杂志。在他们占领的前两三个城镇上有一间德国照相馆，橱窗碎了一地，砖墙也塌了，当他的手下在那片废墟里搜罗时，一张皱巴巴的照片吸引了他的目光，那张照片掉落在地上，他看见一个裸体的女人正在用鞭子威胁另一个裸体的女人。这张照片与他家乡附近大城镇市政厅里的马赛克镶嵌画相距如此之远，一如俄罗斯与德国相距如此之远。那些马赛克镶嵌画描绘的是手捧谷穗的女人，手拿试管的年轻学生和背着婴孩的母亲。在他的故乡，看着一个女孩在沐浴时解开辫子、看见她的头发披散在她的肩膀上便足以令人坠入爱河，而这些手持鞭子的女人会令他联想到那个被炸成废墟然后被洗劫一空的照相馆本身，仿佛这些女人是伫立在一层又一层被践踏、被撕裂、被摧垮的事物之上，她们相互鞭笞，要用尽这最后一丝恶毒的欢愉将一切燃烧殆尽。他手下的士兵拿走了这张照片，还有其他不少诸如此类的照片，现在就夹在他们的军装外套里，随他们四处走动，与他们妻子、孩子的照片面对着面。在学校里，他学到人类美好未来的种子是播撒在苏联的。但现在，在这趟穿越德国的旅途中，这趟名叫战争的旅途中，一段龌龊不堪、此前从不为这些苏联人所知的过往正

120

在追赶上他们，将他们愈来愈深地拖入这片陌生的土地。可是，停下来想一想：自从战争开始，波兰实际上已不复存在了，现在俄国与德国已经彼此接壤。

在这片静寂之中，那个女人再次发动了攻击，她正中他的要害——别老做梦了，他的母亲总是这样对他说——隔着裤子，她径直抓住了他的阳具，把这年轻人推倒在地，她比他强壮得多，现在已经扑到他的身上，他无处可躲，她想要压倒他，这只母驴，用经验丰富的双手撕扯开他的裤子，将她自己插刺其上，愈来愈深地乘骑其上，然后掐紧他的脖子、扼住他的咽喉，她低声咒骂，他不再反抗——如果这是她想要的——他将他的倒钩刺入她的血肉，她捂住他的嘴，往他脸上啐口水，她在他身上揉蹭，他猛推，她撕破她的上衣，把她的乳房拍甩在他的脸上，而他听见了自己的呻吟，听见他用俄语说着不，而她说着是，所以他不断抽刺着，要将这母驴抽刺成两半，胜利征服失败，失败征服胜利，人与人的汗水、汁液喷薄而出，喷薄而出，直至所有的生命都被喷薄而出，那声最后的呐喊，是所有语言共通的呼鸣。现在死神终于屈服了，年轻人和年长者也屈服了，思考过去发生了什么、将来会发生什么都毫无意义，现在什么也没有了，什么也没有，没有，没有，仅剩一丝疲惫的呼吸还游弋在唇齿之间，这残存的零星碎屑，一如垂落在红军军官与这个女人——一个在黑暗之中难辨其面目的女人——头顶的夏日长裙，绵软而无力。去年夏天，当她或者别的女人穿着这些长裙时，战争还没有侵扰这里的平静。

事实上，他只是打开了一个衣橱。

现在他又关上了衣橱的门。

外面，他的手下正在干活，他们刚刚从一次突袭中返回。他听见花园里人喊马嘶，听见吵闹声，说话声，然后吵闹声和说话声进入了房屋，他们喊他下楼，他说：我就来。他走下楼梯，看见他的士兵四仰八叉地倒在长椅上，长桌上有用油纸包裹的鲱鱼，有面包，还有人正往桌上添一瓶伏特加。一匹马也没有了，他们说，我们在树林里只发现了几件德国军装，藏得不好，就在树叶底下。他们说：德国人都逃得没影了。他们中的一个正在试穿一件德军外套。挺好，他说，正合身。他的苏联外套被丢在地板上，已经破烂不堪。这主意不错，另一个说着，也开始脱衣服。我今晚打算睡在楼下，年轻的少校说。你是一个人吓着了吧，一个老兵笑道，高喊：去吧，把长椅上的靠垫给他。两个士兵把一个挂在黄铜小钩上的靠垫取了下来，靠垫背后刚一露出，他们便兴奋地大呼小叫起来：它是用皮革镶裹的。这是我的新靴子，其中一个高呼着，拔出了一把匕首。不急，年轻的少校说，这靴子是我的。他把长桌推到一旁，把靠垫扔给那个穿德军外套的士兵，又从前一个士兵手里夺过匕首，那士兵咧嘴一笑，说：就会欺负小的 *，而因为他比少校要高大、强壮得多，所有人都看在眼里，现在少校跪在长椅上以便能够更好地切割，所有人都咧嘴笑了。长椅上还有两个靠垫，他把它们拿开扔给旁人，开始一方块一方块地切割皮革，重重的十二刀，他下手利落，但绝不贪婪，好像这不过是他为救一名伤者而做的某种必要的手术。与此同时，两个士兵开始争夺剩下的那件德军外套。另一个士兵打着饱嗝。还

---

* 出自一句德国俚语，直译为"永远在小的身上"，这里的"小"可指小孩子、小个子或者小人物等，说话者往往以此表达自己遭到了不公平的对待。

有一个躺在暖炉旁的长椅上昏昏欲睡，嘟囔着：就像在家里。外面天光渐亮了，窗户上的靶心状彩绘玻璃把屋里的黎明染成了绿色。还能睡两个小时，然后整顿好马匹，我们在正午启程，少校说。他把皮革一块块叠在一起，然后卷起放好，现在他躺在靠垫上睡去了，枕着一小捆皮革。

清晨，当其他人正忙着把马匹牵出花园、拉上那条沙土路，他拿着半截面包最后一次上楼，回到了那间卧室。他从露台栏杆上扯下那张貂皮，把它甩到肩膀上，然后走向那个衣橱，握紧其中一根假圆柱，猛地拉开那道门。他没有往里看，只是把那半截面包扔进黑暗里，然后关上门离开了房间。肩膀上挂着一张貂皮，一张尚未晾干的皮，外套口袋里装着一卷皮革，他看上去就像个猎人。在他的家乡，在他的村子里，就有那么一个猎人，他早已习惯了生活在森林里，回到人类社会只是为了出售他的猎物，或者用猎物换取武器和弹药。比起混迹于人群之中，他在那些早晚都要变成他的猎物的动物之间更感自在。有时他会离开村子很长一段时间，然后有一天他又会开始出现，所以你也说不准他是不是死了。如今那个村子应该已不复存在，但那个猎人或许还在森林里游荡。又或许，他也早已倒下，埋骨在那些动物之间，终于成了他自己的猎物。

园 丁

俄国人撤出以后，园丁重新修剪了绿篱和灌木，希望它们能再次抽芽。他翻新了大小草坪的土壤，并以四十厘米的间距种下土豆。土豆植株需要大量的水分。园丁从木工房里取来船桨和桨架，帮女主人捞回了她沉落在纳克利格暗沙上的箱子，并将它们搬回主屋。他提取蜂蜜。傍晚，他坐在养蜂场的门槛上抽一根雪茄。夜里，他睡在摇蜜小屋圆桶旁的小床上。等土豆植株长到十五至二十厘米高时，他为它们培土。他给码头重新涂刷了一层松焦油，把腐烂的木板一一更换。他修剪湖岸边的柳树，它们纷披的枝条已经垂落到了码头的边缘，当你踏上码头时，它们甚至会挡住你的去路。他给蜂箱替换新的巢框。他拔去玫瑰花下的杂草，还有屋前花圃里的杂草。他每天分两次给绿篱、土豆和花枝浇水，一次在清晨，一次在傍晚。土豆植株的叶子开始枯萎时，就是土豆收获的季节。他将土豆储存在冰凉、阴暗的地窖里。秋天，他把落叶耙成一堆，一块儿烧掉。他用云杉枝条覆盖玫瑰花圃和屋前的花圃，以保护那些花枝不受霜冻侵害。秋天过尽，他把房屋所有的水管清空，将主阀关闭，合拢所有的百叶窗，包括湖岸边那栋洗浴小屋的百叶窗。他从地窖里取出电热盘管，把它放在摇蜜小屋里他的小床旁。冬天，他修剪苹果树和梨树。当建筑师和他的妻子到来时，他会提前给房屋供暖，并在他们逗留期间再次打开水阀。

春天，他帮房主在屋前竖起一排栅栏，用柏树将花圃、车库的入口以及最重要的，大门的入口围护起来，保护房屋免受不速之客的侵扰。园丁修剪绿篱，重新在那两块土豆地里播下草种，又帮着清空污水坑，拔除杂草，给大小草坪上的裸露土壤浇水，直至新草萌芽。他收获樱桃，收获苹果和梨，把它们储存在房屋的地窖里。他把拢落叶，把它们烧掉。他锯断枯枝，劈砍柴火，从地窖里取出电热盘管，把它放在摇蜜小屋里他的小床旁。冬天，他在阁楼上布下抓貂的陷阱，当建筑师和他的妻子到来时，他会提前给房屋供暖。春天，他修剪苹果树和梨树，移除花圃上的云杉枝条，修剪绿篱，拔除杂草，替换蜂箱里的巢框。夏天，他每天两次打开洒水器，修剪樱桃树。秋天，他劈砍柴火，用烟将鼹鼠熏出。冬天伊始，他把房屋所有的水管清空。

许多年后，就在某一个新年前夕，那株蓝叶云杉被大风刮倒了，只差一点儿就要砸中房屋的芦苇屋顶。它正好倒在小草坪和大草坪中间那条通往湖泊的小径上，其重量足以碾碎门廊旁花圃里的那些玫瑰。园丁锯断它的树干，将其劈成柴火，一摞摞堆叠在柴房里。春天，当他挖开玫瑰花圃，准备用新鲜的植株替换枯萎的花枝时，他发现了一个装满银器的箱子。由于房屋已被查封，他只好自行保管这个箱子，将其原封不动地搁置在摇蜜小屋的架子上，就在那些蜂蜜罐子旁边。

翌年，市政当局给园丁签发了许可证，允许他继续在摇蜜小屋里居住，并把木工房和柴房的钥匙也交予他保管。于是，又一个春天，一个夏天，一个秋天，一个冬天，园丁照料着这个早已无主的花园，一如往常：他施肥，浇水，修剪，替换蜂箱里的巢框，提取蜂蜜，用布包裹果树的树干，防止跃过篱笆的鹿来啃嚼树皮；他播种，收获，耙拢，燃烧，劈砍，用烟熏，用云杉枝条覆盖花圃。他用水果、木柴和蜂蜜从农夫那里换得生活所需。一年又三个月后，房屋的新主人到来了。他们从市政当局处租下了这片地产：一对从柏林来的作家夫妇。园丁领着他们参观了花园、木工房、柴房、码头、洗浴小屋，以及那座拥有十二个蜂群的养蜂场和摇蜜小屋，然后把钥匙交给了他们。

房屋的新主人找来园丁，与他商量花园的几处改动。在小草坪的中央布置一株鹿角漆树，大草坪的中央，一棵枫树。园丁为树苗挖坑。在刨开一层薄薄的腐殖质后，他开始用铁锹砸打基岩，直至将其敲碎，因为这基岩之下才是有地下水流经的沙土层，最后，在这些沙土之下，就是这一地区随处可见的蓝黏土了。园丁挖出了深达八十厘米的坑洞，又在坑底填满堆肥，如此那株鹿角漆树和那棵枫树便可以苗壮地成长。

与房主商议后，园丁用混凝土填补了胡桃树干上的缺洞，使其更加稳固。他给花枝、绿篱，还有新栽的树苗施肥。他修剪大小两块草坪，替换蜂箱里的巢框，提取蜂蜜，收获樱桃。夏日里，他每天两次给玫瑰花圃、屋前的花圃以及绿篱浇水；期间，他会打开大小草坪和果树下的洒水器，每天半小时，这样所有植物都能得到充分的浇灌。他修剪樱桃树，收获苹果和梨，在房屋女主人的指示下，他将三分之二的蜂蜜和水果送去了当地的OGS*，那个政府贸易组织——水果、蔬菜和土豆。

园丁与新房主一起给木工房门前的区域重新铺设了石板，以便有一处更好的进行油漆和修缮工作的平台。冬天，那里还可以用来存放皮划艇和码头的铁架柱、木板。应房主的要求，园丁拆除了码头一侧的木船屋——它的底柱已经开始腐烂了。园丁还急需修葺主屋和洗浴小屋的芦苇屋顶。秋天，他锯断被暴风雨从那棵大橡树还有几棵松树上打落的

---

* 德语"水果、蔬菜和土豆"的首字母缩写。

树枝，将它们劈成柴火，一摞摞堆叠在柴房里，秋天过尽，他从地窖里取出电热盘管，把它放在摇蜜小屋里他的小床旁，然后终于，冬天伊始，他把房屋所有的水管清空，将主阀关闭。

翌年春天，遵照房主的指示，主屋、洗浴小屋和那间摇蜜小屋的所有窗户都涂刷了一层新漆，园丁还往洗浴小屋墙壁漏水的木板缝隙里填塞了更多的麻絮，然后用松焦油重新做了防水。有时，当他坐在养蜂场的台阶上抽雪茄，以保护自己免受蜂群的侵扰时，那对作家夫妇的儿子——他只是偶尔来度假几日，其余时间都生活在一所儿童之家——会在他身边坐下来，询问他一些有关蜜蜂生活的问题。

作　家

我——要——回——家——了。这是她昨天在打字机上敲下的最后一行字。现在她将那纸页取出来搁到了一旁，搁到了那叠仍不算很高的纸摞上，那是她新书已经写就的部分。她从抽屉里取出一张压纹书写纸，开始给一位将军写信，内容涉及新邻居使用湖泊的权限，也涉及那栋洗浴小屋：它刚好坐落于一片颇有争议的湖岸上，但也是与主屋一起租赁了二十年的国家产权。她以童年昵称和一种亲熟的语气称呼这位将军，她的怒火也随着书写逐渐消退，消退为意兴索然的疲惫。她问自己，是什么力量在此发挥着作用，是什么力量授权一个地方官员向她转述"来自上级"的指示。在这种讳莫如深的氛围下（一小部分在非法时代已习惯了这种氛围的同志竟将其保留到了今日），在这个重建和平的年代，有一些新的东西正在萌芽，一些就算是她也无法辨识的东西。

从她的书桌前，她可以看见湖泊的波光，在松树林泛红的树干间明灭闪动。楼下的厨房里，厨娘正把盘子弄得叮当作响，园丁坐在他小屋的门槛上抽雪茄，大草坪上，她的孙女和邻居的男孩正洒水嬉闹，她的儿媳正要去码头晒日光浴，访客躺在山楂树下的户外躺椅上，她的儿子在修剪草坪，再往下，在木工房的门前，她的丈夫正在把钓鱼凳涂刷成绿色，它们原本的红色油漆已经剥落了。窗户都敞开着，她能闻到湖泊和阳光的味道，闻到园丁雪茄的味道，也能闻到从厨房飘散上来的烤肉的香气，闻到刚刚修剪过的青草的味道，当风向转变，开始由下往上吹时，她甚至能闻到绿色油漆的味道。打字机的敲击声与布谷鸟的鸟鸣声交织相伴，当风开始由上往下吹时，这一字一句的交织之音也会从那两块草坪一路传送至木工房，甚至码头。

那位医生来自柏林的政府医院，她向市政当局为他申请到了租赁果园和养蜂场的许可，但对方一拿到许可便砍倒了所有的果树——这当然有违他们此前达成的共识——然后又拆除了养蜂场。那之后不久，一批柏林来的陌生工人便以非同寻常的速度，几乎一夜之间，在养蜂场曾经的位置上盖起了一栋大房子，更有流言说医生甚至被允许买下这栋房子，尽管这完全有违惯例。当她向市政当局提出申诉时，她被告知所有这些都是由"上级"决定的，并且他们已经收到进一步指示，要缩减她所租赁的地产面积，以便让医生也能出入湖泊区域，为此一条通往湖泊的新篱笆也会尽快被修筑起来。这位年轻的医生，这位她在流亡多年后返回德国时甚至还未出生的医生，这些年来已经成为某个高级官员的私人医生，而现在竟敢利用那无形的军队来对付她，殊不知她在流亡期间曾将这军队的将领们抱在怀中，轻摇安抚。

她把信放入信封，写好地址，封上，然后拿起上午早些时候搁到一旁的纸页，重新放回打字机里，继续前一天停下的工作。我——要——回——家——了。她用来写作的打字机的按键已经被摩擦得光滑，各个字母之间几乎难以区辨。仍是那台她随身携带着踏上漫长旅程的打字机，从柏林到布拉格，从布拉格到莫斯科，再从莫斯科到巴什基里亚的乌法，然后在战争即将结束时，在她的儿子已经可以讲一口流利的俄语时，重新回到莫斯科，最后回到柏林。她带着这台打字机走过许多城市的许多街道，在许多拥挤不堪的列车里将它抱在腿上，在这个或那个异国他乡紧握着它的手柄——当她孤身一人在飞机场或火车站，不知该去往何处时，当她与她丈夫在人群中走失，或是她丈夫的职责要将他带往别处、登上另一列火车时。当地上毯子的一角是她的家，这台打字机就是她的墙，她用这台打字机打出了所有的字句，所有要将德国的野蛮人变回人类、将她的故乡变回故乡的字句。

家，他只想要回家，一位德国官员——他被任命为所谓瓦尔特兰合并区 * 一座小城的行政长官——在他的日记里写道，在听取完一位同事的汇报，得知在他休假期间，整个地区所有犹太人被聚集到教堂里，先是在那里被关押三日，然后被成批送入毒

---

* 德国在“二战”期间吞并的波兰部分领土和邻近地区组成的合并区。

气室，最后被运往小树林之后。没能挨过教堂那三日的人的尸体也与活人一起被扔进了毒气室，咽气的孩子被抛砸向他们尚有一息的父母的脑袋。家，他只想要回家。行政长官在他的日记里这样写道。这本日记后来被收录进她在乌拉尔地区的广播节目所使用的材料之中。其时，德军的战败已近在眼前，几无悬念，而红军的每一次胜利都让她、她的丈夫，还有他们生于苏联的儿子越来越接近返回德国的那一天。

手里拿着行政长官的日记，看到这位德国官员最终还是决定留在他的职位上、留在他的办公室里，看到他继续掌管着那座小城，直至红军将其攻下，而他败逃西方——随着日记的展开，这些后续发展已清楚明了——她感到恶心。尽管如此，她永远忘不了他那句只想要回家的话。家！他哭喊着，就像一个孩子，为了不去看他所看到的东西，愿意付出一切代价，但也正是在他双手掩面的这个瞬间，即便是这位尽职尽责的德国官员也知道了，家，再不会被称作巴伐利亚、波罗的海沿岸，或者柏林，家已经变成落在他身后的一个时代，德国已经无可挽回地变成了某种灵肉脱离的东西，一个不知道也不必被迫去想象所有这些可怖之事的迷失的游魂。家。且等候，很快。*从那阵短暂的绝望里浮出水面后，这位德国官员递交了继续留任的申请，而那些其他人，那些在他们自己可能变成野兽之前就已经逃离的人，却被那里传来的消息逼入了无家可归的境地，不仅是在他们流亡海外的年岁里，也是——她现在似乎明白了——也是永生永世的无家可归，不论他们最后归来与否。我只想要回家，只想要回家。那些日子里，她时常想起这句话，想起这句话，然后把她的机关枪从乌拉尔对准她的故乡，一字一句地开火。但现在没有一个国家是她的故乡了，她的故乡，毋宁说是整个人类。怀疑持续在她的身体里滋长，以乡愁的形式。

这天上午，她和她丈夫一起散步了很长一段路，爬上了山顶的森林，来到了那张长椅所在的地方。许多年前，他们的儿子用一把小折刀在它的木头上

---

* 出自歌德短诗《漫游者的夜歌》，全句为：且等候，很快 / 你也将得到安息。

刻下了他父母姓名的首字母缩写。那四个字母早已变得灰白。在原路返回之前，他们总会在这里停下脚步，在这张长椅上休息片刻。他们坐着凝望远处，目光随小山温婉的曲线一路往下延伸至湖泊，他们看见风掀动麦浪，越过麦田，他们望见湖泊宽广的铅灰色水面，只是隔着这么远的距离，他们看不清这同一阵风是如何使湖水泛起涟漪的，他们也看不见位于山坡与湖泊之间的那栋房屋。从这个角度望去，它恰好隐匿于舍弗伯格山的阴影之中。他们看着地面，眼前，就在他们脚下，昨日的雨水已将沙土冲刷成了一道道细小的溪流，他们看到了燧石，还有石英或花岗岩构成的沙砾，然后他们站起身来，她挽着丈夫的手臂，两人一道下山，走回那栋房屋，今天他打算给钓鱼凳涂刷一层绿色的油漆，它们原本的红色油漆已经剥落了，而在楼上她的书房里，她会坐在书桌旁，写下她所记得的自己的一生。

她返回德国时，那位医生甚至还没有出生。他曾随这个或那个政府代表团出访过日本，埃及，还有古巴。我——要——回——家——了。楼下的厨房里，厨娘正把盘子弄得叮当作响，园丁坐在他小屋的门槛上抽雪茄，大草坪上，她的孙女和邻居的男孩正洒水嬉闹，她的儿媳正在码头晒日光浴，访客躺在一张户外躺椅上，她的儿子在修剪草坪，而她的丈夫正在把钓鱼凳涂刷成绿色。有些事情，她记得，但没有写下来。她没有写下希特勒进攻苏联后，一位丈夫刚被逮捕的德国同志曾带她年幼的孩子前来找她，请求庇护，而她说了不。不，因为她自己的居住许可也已经过期，她自己也只能在无人看见的时候进出她在莫斯科的住所。她没有写下她广播节目的手稿——一个关于德国官员日常工作的节目——被她的苏联同志修改过，与犹太人相关的片段被删掉了。那对德国士兵来说没有吸引力，她被这样告知，它还可能危害我们的事业，而且在当前局势下，它委实无关紧要。而她，一个流亡海外不是因为她有一个犹太母亲而是出于她的共产主义信仰的人，只是不作反抗地删掉了她原稿里的那一部分。她没有写下最终，在数个被认为是犹太人的同志接连失踪后，她还是把她的红棕色头发染成了别的颜色，尽管从她还在德国的童年时代起，那一头红发就已经使她被嘲讽为犹太人了。她没有写下她和她的丈夫曾被他们的苏联同志要求登上一列开往新西伯利亚的火车，只是他们没有上车，而是躲了起来。他们朋友圈里的一位德国画家就遵从了中央的指示，登上了一列类似的火车，后来他在哈萨克斯坦修建大坝时饿死了。窗外，布谷鸟鸣叫起来，她的手指停落在打字机的按键上。

那个当时帮助她藏起来的诗人写过一首诗，在诗里他把回家描述为穿渡到死亡的彼岸。那时她已经学会保持沉默，在经历所有颠沛流离之后，这种沉默是送给他们梦想的最好礼赠，而那个梦想依然是如此的远大，远大到每一位走在里面的同志，都是完完全全的踽踽独行。

那个当时帮助她藏起来的诗人现在就和他的妻子一起，住在湖对岸的一栋夏日别墅里。今天下午，他们或许就会乘坐那艘木质深暗发亮的摩托艇在这边的码头登陆，她的朋友会把绳索抛给她的丈夫，她的丈夫会抓住那绳索，把它拴在码头上，而他们的孙女会在旁观看她祖父的动作，并留意到绳索缠绕在木桩上形成的数字 8。

我——要——回——家——了。那个把小屋盖在坡下不远处的演员最近在西边演出之后就留在了那里，并且很快就会与他的妻儿会合。那栋小屋已经被查封了。他一直想要浅蓝色的浴室瓷砖。德国的这半边找不到浅蓝色的瓷砖。一个崭新的人只能从一个陈旧的人里生长出来。布谷。布谷。新世界是要吞噬旧世界的，而旧世界势必奋起反抗，所以现在，这新旧世界是并立、共存在同一具身体里了。你要的越多，丢失的也就越多。

刚回到德国时，她和丈夫花了很长时间才勉强能与不相识的人握手。对所有这些自愿留下的人，他们感到一种几乎是生理上的厌恶。回国后，她的丈夫甚至不愿去看望他生活在西德的母亲和姐姐。他们唯一一次去那座西德城市，只是为了让他们的儿子见见他的祖母，而且见面问候时，她和丈夫都没有同他的母亲、姐姐握手。他们也看出来了，这一疏忽是在双方都默许的情况下发生的。他们逃往布拉格之前，曾把一幅画和几件家具寄存在她丈夫的姐姐那里，而现在她丈夫的母亲和姐姐就坐在那张茶几前，坐在那些椅子上，还有那幅画，就挂在那面墙上。现在她和她的丈夫坐在这些椅子上，就像他们是到自己家里来做客似的。两位共产党人不知该说些什么，才能让这些德国人，这些曾经与他们血脉相连的德国人归还属于他们的财产。后来，当他们的儿子长大到可以独自搭乘火车旅行时，他说他想要去探望祖母，他们便让他自己去了两次。

现在，铜锣在召唤她去用午餐。她穿过走廊，经过那间壁橱房，来到浴室，在那里洗了洗手。她的手指因为更换打字机的色带而沾上了墨渍。她看向镜子，理了理头发，关上为通风而打开的小窗的右半扇，彩色方块的马赛克图案又一次完整了。下楼用餐前，她又快步走回小鸟房，从衣橱里取出一件外套，因为屋子里总是比你想象的要冷，哪怕是在夏天。小鸟房的名字来自一只被锻铸在露台栏杆上的小铁鸟。学校放假时，她的孙女会睡在这里。她的孙女这会儿第二次敲响了楼下的铜锣，可能是等得着急了，也可能只是觉得好玩。

即便是正午，透过彩绘玻璃窗投射到长桌上的也不能说是光线，只是一些光影罢了。长桌旁围坐着她的丈夫，他们的儿子，儿媳，她的孙女，往往还有从柏林来的朋友和同事，几位同志，或者像今天这样，有一位访客，然后是厨娘，以及最后，园丁。汤端上来后，她的丈夫说起这个那个，她的儿子谈到一些别的事情，她的儿媳补充了几句，访客未置一词，园丁未置一词，厨娘开始上主菜，她接着往下细说，她的儿媳还有一个问题，她的儿子说，我觉得那不可能，她的丈夫说，但事实如此，她说，那确实有点儿意思，然后说，再来点土豆吧，访客说，不了，谢谢，园丁未置一词，她的孙女摇头，她的儿子说，给我拿一些吧，她的儿媳说，很美味，她说，真的很美味，园丁说，谢谢，厨娘说，汤有些咸了，她的儿子说，完全不会，厨娘撂起脏盘，把它们收进厨房，她回来时，手里捧着一个摆满小杯的托盘，开始给大家上糖渍水果，每个人都动起勺来，四周窸窣而宁谧，然后门把手从外面按下了，发出了一声金属的叹息，是邻居的男孩来找她的孙女出去玩，他会一直等候在暖炉旁，直到所有人用餐结束，访客把她的水果小杯送至唇边，啜饮下最后几滴残留的果汁，她的儿媳对小女孩说，但你得先帮忙收拾餐桌，她的丈夫说，好，那就这样，她自己则对厨娘点点头。然后他们全都站起身来，朝着这个或那个方向，离开了餐厅。

我——要——回——家——了。不，她和丈夫并没有回到德国的家；他们想要的，是把这个国家，这个他们只是碰巧使用其语言的国家，带回他们思想里的家。他们想要的是最终从德国这片废墟之下拖拽出一方土地，一方他们可以长久站立的土地，一方不再是缥缈游魂的土地。虽然他们的肉身会老去，但他们的希望，他们认为，把人类从贪婪与妒火中拯救出来的希望将永葆青春；凡夫俗子的过错终将枯朽，但他们的事业永垂不朽。然而现在正是这位年轻的医生，这位他们允许其每年一次检查他们日渐衰老的身体的医生，这位利用国家之便为自己谋求好处的医生，要成为这国家缔造者们的接班人。那支无形的军队如今再度苏醒了，分裂了，此刻正悄然举起它无形的长矛和盾牌，袭向它自己的队伍。或许这些年轻人，这些只是从长辈的报告中听说过他们的敌人却从未与其正面对峙过的年轻人很快便会叛逃、倒戈，哪怕只是为了终于有机会——在经历这么多年的围困之后——再次拿起武器。

从她那日渐衰老的口中说出的话语，是否也悄无声息地衰老了？晚餐后，花园的椅子会被搬进大厅，这样大家就可以一起看电视新闻了：她和她的丈夫，他们的儿子，儿媳，她儿子的小女孩，访客，几位将在洗浴小屋过夜的友人，有时还有厨娘。在七点钟的新闻里，他们会看到丰收的景象，看到农民们站在一排排的麦茬与尘土之间谈论计划生产目标，看到联合收割机，还有谷仓。那些并不生长于农民之口的外来词正在将他们贬低到农田的尘土中去，而他们还必须在那里充当众目的焦点。自从她回到德国后，她便将所有的热情都倾注到了文字上，尝试用她敲打出的一字一句，将她的记忆转化为其他人的记忆，将她的一生转移到纸页、到其他人的一生中去，仿佛载送它穿渡一条大河。多年来，她敲打出的文字使她得以将许多看似值得留存的东西拉至表面，而将许多其他的东西，痛苦的东西，推入冥茫深处。然而现在，多年后，她已不再能够确定当初的挑拣、选择是否是一个错误，因为她用尽一生去憧憬的那样东西本应是一个完整的世界，而非半个。

是的，她在几天后收到了从市政办公室寄来的一份声明，说市政当局也欢迎她购买她所居住的房屋，但不是房屋所在的土地，并且如果她愿意的话，她还可以把洗浴小屋迁移到山顶的草地上，费用由政府承担，如此既方便了医生出入湖泊，又履行了国家对她的义务。她从打字机下取出那张写有某一些字句而非另一些字句的纸页，把它搁到那叠仍不算很高的、她新书已经写就的纸摞上，又从抽屉里取出一张压纹纸，卷入打字机，开始给市政办公室回信：是的，她希望买下她所居住的房屋，也很乐意将洗浴小屋迁移至山顶。致上社会主义者的问候。

园　丁

那株用混凝土填补了缺洞的胡桃树依然挺立着，但在过去的三年里已经不再结果，园丁于是遵照房主的指示将其砍倒了。他锯断胡桃树干，把它劈成柴火，一摞摞堆叠在柴房里。采收樱桃时，园丁从梯子上摔了下来，摔断了一条腿。他不得不在床上休养了两个月，直至断骨愈合，才能重新开始学习走路。幸运的是，房主的儿子今年夏天起就将在这片地产上度过他的整个假期。他已被获准离开儿童之家，现在又与他的父母住在一起了——而且这些日子以来，他已经长得又高又壮，足以担负起修剪草坪的任务。可惜这年夏天侵染了每一棵果树的病菌在园丁休养期间被忽视了太久，等到园丁终于可以下床时，所有苹果和梨的果柄都已经蔫死了。

摔倒以后，园丁就不再能够干重活了。自那以后，他所能做的只是缓慢步行穿过这片地产，这一点儿、那一点儿地捡拾掉落的树枝，修剪花丛、绿篱上枯萎的花朵，每天两次给绿篱和花圃浇水，一次在清晨，一次在暮色初降之时。冬天伊始，他把房屋所有的水管清空，将主阀关闭。他合拢所有的百叶窗，包括主屋和湖岸边那栋洗浴小屋的百叶窗。

　　房主和他的儿子接手了每年修缮、拆卸码头的任务。作为暖炉的补充，主屋里又安装了一个夜间储热器。现在，早年劈砍的柴火已足够在春寒秋肃时应付暖炉所需。苹果树和梨树到底没能从那次病菌侵染中恢复，即使又过了好些年。叶螨侵袭了樱桃树。垃圾坑扩大后，可以清楚看到给果园供水的水管早已生锈，然而普通公民目前还不能私自购买水管。有风声传来，说要缩减租赁地产的面积。

　　村子里的人说，房主的儿子过去常在舞会或其他节庆活动结束后，带任意数目的姑娘回洗浴小屋过夜，而园丁在这样的夜晚会坐在小屋屋檐下的长椅上帮他放风，严防房屋的女主人发现这些勾当。人们还声称他们从园丁那里听说，当这个儿子最终与一位来自柏林的年轻女子订婚后，他的母亲在所有地方之中偏偏把这位未婚妻安置在了洗浴小屋，这样就不会有人说她拉皮条了。这些流言蜚语着实给村里人带去了不少谈资笑料。

年轻的房主结婚后，夫妇俩生下一个女儿。孩子还不满六周大，她的父母就开始在每个周末带她到花园里玩耍。等户外足够暖和了，他们便将婴儿车和熟睡的婴儿放在小草坪边缘的山楂树下。园丁在这片地产上走来走去，嘴里叼着一根正在闷燃或已经熄灭的雪茄烟头，这一点儿、那一点儿地捡拾干枯的树枝。等日子更暖和些，他会每天两次打开洒水器，给花圃和草坪浇水，一次在清晨，一次在傍晚。

当园丁再也无法握紧修枝剪的手柄时，年轻的女主人接手了在春天和夏天修剪绿篱的任务。那些依然没能结果的果树也终于被一位农夫按照房主的吩咐砍倒，锯断，一摞摞堆叠在柴房里。园丁如今花很多时间坐在养蜂场的门槛上，嘴里总是叼着一根，同一根，冷掉的雪茄烟头。果园被清空后，曾经十二个蜂群中仅存的最后几只蜜蜂又继续在它们的蜂房周围嗡鸣了一段时日，而后也便散去了，到附近的小树林里寻觅新的温床去了。有时，小女孩和她的邻居朋友会在园丁身边坐下来，而园丁会领他们看生活在老木柴里的千足虫和草鞋虫，教他们用接骨木的空心茎秆制作吹管，或者用丁香叶吹口哨。

访　客

　　最重要的是，在这里她又可以游泳了。哪怕初次到访时，她不懂餐桌上的陶瓷小件是在上菜间隙用来摆放银质餐具的，早餐时她也不知道怎么用刀叉吃面包卷，她原本还希望能借此弥补前一天午餐时的失礼。两次差错，在女主人的脸上留下了同一种无言的微笑，也在她的前臂上留下了同一种来自女主人冰凉的手的轻柔安抚。面包，女主人安慰道，实在太珍贵了，我们完全可以用手拿着吃。在她的家乡，她从来不必考虑面包是否珍贵到可以用手触碰。她自己栽种谷物，每当她伸出手去，也从来是同样的姿态，从播下种子到收获，从烘焙面包到进食。但在这里，一双手能做的，就是伸出去拿一块已经做好的面包：一团包裹着某种不为人知的内里的软皮，像藏满馅料的圣诞烤鹅。在这个与她自己的园子全然不同的花园里，没有什么可以播种，也没有什么可以收获。这里只有松树、橡树、和在它们的荫翳之下缓慢生长的绿篱。这里的草坪有园丁浇水，花都是多年生植物，调味土豆的莳萝来自沙土路尽头的邻居女人——他们会派小女孩过去取。每一个花时间在这个花园里的人，都只是为了待在一个花园里。或许她如今已经在生命中对的时间抵达了对的地点，因为她花时间在自己的生活里，也只是为了活着。在其他地方，她隐约听说，像她这样的老人只会被遗弃在树上活活饿死，但如今他们甚至能收到维持生计的钱，哪怕他们不再能够工作。她永远无法习惯这笔钱，这笔她无所事事却依然会按时按月发放给她的钱。在这个花园里她无所事事，只能坐着——坐在那里，在大白天，双手放在膝盖上，看云雀飞来飞去——别磨蹭了，她坐在那里，听见自己用一种喑哑的声音哭喊着，别磨蹭了，她女儿和邻居女孩闲话家常时，她也会像这样冲着厨房窗外的女儿大喊，该进来洗碗，刮鱼鳞，或者拔鸡毛了。她的女儿总会跑着回来，但现在她自己的双手却一动不动地放在她的膝盖上，她坐在那里，还能听见她的丈夫在拉手风琴，听见她自己的父母一言不发而他们的孙儿女们咿咿呀呀个不停，于是她暗哑地回应着，她回应他以缄默的安慰，无声的歌唱，或只是简单地保持沉默。最重要的是，夜幕降临时，她又可以去那幽暗绿光般的清凉湖泊里游泳了，几乎就像在家里一样。

　　不管怎么说，在陌生人之中做一个陌生人，总归要好一些。有一次，她从她们最初逃往的城市一路走回了她的农场——带着她的三个孙儿女，却走错了方向，步行了三十公里——给当时已经接管农场的波兰人短暂地做过一阵挤奶女工：在原本属于她的农场里当女工，这样她的女儿就可以找到她了，如果她的女儿还能从劳改营里出来的话。她的小孙子想把几周前他们离开时埋在院子角落里的玩具拖拉机挖出来，但是她不允许。她的女儿没有回来，但她一直随身携带的结婚照几经周折，还是回到了她母亲的手中，破旧不堪、布满折痕的结婚照，背面有西里尔字母手写的批注。在穿过花园去往教堂的路上，她女儿的面纱被一株红醋栗灌木钩破了，她不得不戴着一顶破损的面纱结了婚。在那张结婚照里，她把面纱那样拨弄着，是为了不露出那破损之处。她的女儿没有再回家。于是这位母亲——现在仅仅是一位外祖母——带着三个孙儿女再次上路了。不管怎么说，在陌生人之中做一个陌生人，比在自己家里做一个陌生人，总归要好一些。

这里的蒲公英和家那边的一样，还有云雀。现在她是一个老妇人了，她已经活进她丈夫四十年前总对她说的话语里了。她村子里的蒲公英和他生长之地的蒲公英一样，那是在乌克兰，他就是从那儿流浪来的，还有云雀也是，他总是这样说。在巴伐利亚——他的曾祖父母就是从那里迁到俄国的，那里也是他原本打算回去的地方，尽管除了它的名字，他对这个故乡一无所知——一定也有这样的蒲公英，这样的云雀。再往前七八十年，她丈夫的曾祖父母一定也在这样或那样的时刻，说过这一模一样的话语。她想知道，这些话语是否会四处寻找人们来说出它们，还是恰恰相反，这些话语只是在等待有人出现，等待被人道出。她还想知道，除了坐在这里思考这些事情，她是否真的没有更好的事情可做了，多么愚蠢啊，她想，然后她想到自己确实没有更好的事情可做了，她看着支撑起她弯曲双腿的软垫凳，它的软垫与她所坐的扶手椅有着同样的红色乙烯基面料。或许吧，她想，或许那些话语迟早会被追上，被这个或那个人说出，在这个或那个地方，正如每一样东西都属于那流转离散的人海当中的每一个人——考虑到一生的长度，物品与人的转徙，想来也与难民的经历没有什么不同。在和平年代，是贫穷，在战争时期，是前线，它们不断把人推赶向前，好似一列长长的多米诺骨牌，人们睡在他人的床榻上，使用他人的厨具，吃下他人被迫留下的食物储备。只是炸弹掉得愈多，房间便愈发拥挤。直到最后她来到这里，来到这个花园，每当铜锣召唤她去用晚餐，她总隐隐感觉，早在她最后一次转身离开她的农场、带着三个孙儿女再次上路，身上背着一床羽绒被、头上裹着一条蓝花头巾的时候，这个铜锣就已经在召唤她了。当你已经抵达，你还可以说自己在逃亡吗？当你逃亡时，你又真的有可能抵达吗？

她的丈夫在所有这些发生之前就已离世。当她从他的死亡回溯那场苜蓿草压榨机的事故，她感到死神仿佛在那时就已经到来，它从一道侧门溜了进来，懒得挑明自己的身份。甚至她女儿新娘面纱的破损也是某种入口，某种从一道侧门溜进一个已成定局的未来的入口，只是当时日后的一切尚未到来，她还无从认出它来。而现在她老了，生活只是为了活着，所有这些事情都可以同时存在了。现在她老了，她丈夫的伤也许就是她爱上他的理由，他初到她村庄时演奏的音乐也许就起源于他的早逝，而她的女儿也许就坐在她的身旁，坐在那个烤窑里，在她怀着她的时候握着她的手。她被关进了那个烤窑，因为她爱上了那个流浪者，爱上了她腹中孩子的父亲，而这件事，倘若你以正确的方式看待它，一定就是他在遇到她之前便开始四处流浪的原因。当她以这种方式回溯往事时，时间好像伪装成了时间的孪生子，所有事件都在眼前平展开来，你一生所经历之事可以一个接一个地平展开来，只为从一个孩子的脚上拔出一根细刺，在肉被烤焦之前把它端出烤炉，或者用装土豆的麻袋缝制一件裙子，然而逃亡路上每走一步，你的行李便会减少一些，直到越来越多的东西被抛在身后，直到早晚有一天你兀然停下脚步，坐在那里，意识到眼前所剩无几的生活就是生活本身，而其余的一切都已遗落在所有道路两旁的所有沟渠里，在一片广袤如空气的大地之上。你一定也会在这里找到那些蒲公英，和那些云雀的。

你不可能嫁给那样一个男人，她的母亲说，然后将她关进了烤窑，一关就是好几天。但发现她已经怀孕时，她母亲又把她从烤窑里放了出来，说：你本可以嫁给邮递员、林务官，或者渔业督察的。为了挣钱养家，她的丈夫开始帮农民维修设备和机器，包括那台苜蓿草压榨机。从那时起，他的音乐便只是为了让他自己快乐，以及让她，他的妻子快乐而已。但是自从他被那台苜蓿草压榨机切断了左手四根手指，他再不能演奏小提琴，也不能拉手风琴了。那台苜蓿草压榨机是把他的音乐连同那四根手指一起，从他的身体上切断了，而这音乐——他一直演奏直至那场事故的音乐——来自乌克兰，来自他流浪开始的地方。受伤后，他的手总觉得冷，于是她为他缝制了一只皮毛衬里的连指手套，他每年从九月一直戴到次年五月。手上戴着皮毛手套，手放在膝盖上，她丈夫在他最后的年岁里就常常这样坐在那里，一如她现在所做的那样，尽管他当时仍然很年轻。他死的时候，不过四十出头。她不舍得扔掉那只皮毛手套。但是当她不得不逃亡时，它还是被留在了那栋房屋里。

在这里她又可以游泳了，就像在家里一样，游泳对她来说仍然很容易，不像走路，有阵子了，她骨头已不再能够应付走路的强度。夜里，当她在入睡前解开自己灰白的发髻时，她的头发仍然是濡湿的。她还年轻的时候，夏天会在马苏里湖群*游来游去，潜水穿梭，也在湖上钓鱼；冬天她就去滑冰，把冰刀拧进靴子的鞋底。她伸出手去触摸这些湖泊，在这些湖水里清洗身体，喝它们的水，吃它们的鱼，划破它们的冰，她愿意一遍又一遍地探索这些湖泊，就像她的女儿，她如此喜爱烘焙的女儿一遍又一遍地拍打蛋糕面团——她会用双手揉压面团四百次，再将它放进烤炉。她的小腿至今仍是青一块紫一块的，因为滑冰时靴子的鞋带必须系得特别紧，青一块紫一块，闪烁着鹅卵石的光泽，来自一小时又一小时的紧勒，一小时又一小时在冰湖上的竞相追逐，而这些冰湖也在女孩们用冰鞋划破的伤口之下，发

---

* 位于波兰东北部的湖区，有两千余湖泊星罗棋布，统称马苏里湖群。

出阵阵阒暗的欢呼。现在她弯曲的双腿，她仍然闪烁着青一块紫一块光泽的小腿，只能安歇在给人搁脚的软垫凳的红色乙烯基面料上了，然而它们一样是她的双腿。她不知道这里的湖泊到冬天会是什么模样，房屋的女主人总称这里为她的"避暑地"。冬天只有园丁还住在他的房间，否则这就是一栋空房子了。它会关闭一整个冬天，百叶窗覆盖在窗户上，夜间储热器设置到最低温度，所有人都会离开，回到城里去。即便是冬天她的丈夫也会去钓鱼。他总是第一个站到冰面上的人，在冰面还未完全冻结的时候，一个小小的、黑乎乎的身影蹲在那里，在拂晓里，一动不动。冬天，他们用柴火加热房屋，他们会先用松木屑给暖炉生火，等炉火烧旺，再改用山毛榉和橡木，硬木能烧得更久一些。院子里的水泵结冰了，他们便去湖上取水，她的丈夫会在靠近湖岸的冰面上凿出一个冰窟窿来。很可能，她想，这种专门给人搁脚的软垫凳，是在人们开始避暑、御寒、选择属于自己的季节后才被发明出来的，就在这儿，在这个她将作为客人度过余生的季节，被发明出来的。

她三个孙儿女中最小的那个，那个整个童年时代都患有斜视的毛病，又因为生了疥疮，上学第一天就不得不剃着光头的孙女，那个试图跳过小溪却跌进水里，回家时衣服还未干透的最倒霉、最年幼的孙女，就是这个小孙女嫁给了房屋女主人的儿子，而此刻肩上披着毛巾，脚下穿着木屐，正啪嗒啪嗒地走下石阶往湖边走去，轻轻哼着歌，转身挥了挥手，然后便消失在那棵大冷杉的背后了。有时她会坐在外祖母身边，一边聊天，一边把趾甲涂成红色。当她——这位外祖母——的假牙在吃饭时不小心脱落，比起在房屋的女主人面前出丑，她更为自己在孙女面前失态感到羞愧。在她从老年人那里了解到何为变老的年代，还没有假牙。人老了，嘴就塌陷了。但如今在她做客的地方，就连面容都为过冬做好了准备。

做一个客人并不轻松。她的村子里有一项习俗，收下一件礼物之前要拒绝整整三次，收下礼物的人下次也得回礼，而对方在收下之前也得拒绝整整三次，如此往复。一盆花交换一篮草莓，一瓶家酿葡萄酒交换一块新鲜宰杀的猪肉，苹果交换梨。时至今日，她的一位朋友，也是他们村唯一一个战后来了柏林的人，还会在每年的新年前夕给她带一个装满三叶草的小罐，里面立着一个小小的、用铁丝缠成的扫烟囱的人*，而她自己也会准备一个完全一样的三叶草小罐，里面插着一个扫烟囱的人，作为回礼送给她的朋友。她们会在午夜交换她们的小罐，这样在新年的早晨，她的朋友就可以把她收到的小罐放在她昨天装小罐的袋子里带回家。她的孙女自从结婚以来，每年夏天都会带上她——她的外祖母——去她的婆婆那里度假。如果她的女儿还在的话，应该与这位婆婆一般年纪了，但她的女儿离开去服劳役了，永远留在了那里。当她——这位外祖母——问她的外孙女，她应该给女主人带些什么作为礼物时，她总是回答：可你是这个家的一员啊。但她不太确定自己是否属于这个家，这个她在过去五个夏天里一直受到孙女婆婆的热情招待，但也总是以正式的敬语相称，总是"您"（Sie），绝不会是"你"（du）的家。这位婆婆有时也给她推荐治疗风湿的药膏，询问她柏林公寓的近况，说她可以让裁缝把

---

* 旧时德国人认为扫烟囱的人会带来好运。

这件或那件衣服改改尺寸，好让外祖母穿上，但她从来不称呼她为"你"。已经是第五个夏天了，外孙女的婆婆依然以正式的敬语说：再来点土豆吧，您想要再来点蔬菜吗，还是再来一片肉？而她也不确定在这里怎么做才算更有礼貌，是简单地回答一句好的，还是像在家里一样，自己动手从锅碗里取食，还是她根本不应该在接受之前拒绝三次，就像她在陌生人家里会做的那样。这位客人不知道，外孙女的婆婆也在等待她，这位外祖母，作为两人当中年纪较长的一方，先开口提议她们称呼彼此为"你"。

事实上，她甚至觉得在陌生人之中做一个陌生人更轻松些，因为做一个陌生人对她来说是如此熟悉，她已经习惯了待在那扇将她的农场与外面的道路分隔开来的大门的这一边，然后是另一边。当她的家族还拥有那座农场时，那扇木质的大门总是紧闭着，除非他们要运牛奶出去或者送草料进来。而当她突然有了在自己的农场上谋求一份挤奶女工的活计的理由时，她不仅站在大门的外面，还得敲叩同一扇大门，询问接管的波兰人是否可以雇佣她。在家，已经是这种陌生感的前半部分了，只是当时仍然在家的她还没有意识到，可以说，她在家中的岁月是第一章，离家则是后半部分，也就是第二章，表面上看这两部分的陌生感大小相当，彼此对应，但它们于她而言却是同时存在的——就像关上一扇门，无所谓身处门内还是门外——这一切于她而言都是如此的熟悉。德国发动了战争，然后输掉了，如果它发动并赢得了战争，那么其他国家便会输掉战争。她已经学会如何输掉东西了；第一章：拥有，第二章：失去，她不断地失去，直至她精通、掌握了失去。或许当一个人学会一样东西的时候，另一些东西便会从他的头脑里消遁。当她的外孙女有一次问她，是否为那栋房屋、那些奶牛和所有那些财产感到难过时，她甚至不再理解那个问题了。她把孩子们救出来了，那就是全部。

她还记得那个陌生人，那个在她丈夫死后一年，还是两年，总之是战前，叩响农场大门的陌生人。她打开门，问他想要什么，他说他想要拜访他的兄弟，一位音乐家，听说他就住在这个村子里，甚至还结了婚。他询问所用的德语古板过时，还带点外国口音，就像她已故丈夫所说的德语那样。没听说过，她说，这里没有什么音乐家。那你能给我一点喝的吗？他问。于是她留他站在大门口，自己去取来一杯牛奶，等他喝完，才从他手中接过杯子，并祝他好运，然后再次关上了农场的大门。

最重要的是，在这里她又可以游泳了。

在她的家乡，她从来不必考虑面包是否珍贵到可以用手拿取。

在其他地方，她隐约听说，像她这样的老人只会被遗弃在树上活活饿死。

最重要的是，夜幕降临时，她又可以去那幽暗绿光般的清凉湖泊里游泳了。她的小孙子想把他的玩具拖拉机再挖出来。

在穿过花园去往教堂的路上，她女儿的面纱被一株红醋栗灌木钩破了。这里的蒲公英和家那边的一样，还有云雀。

多么愚蠢啊。

发现她已经怀孕时，她母亲又把她从烤窑里放了出来。

受伤后，他的手总觉得冷。

夜里，当她在入睡前解开自己灰白的发髻时，她的头发仍然是濡湿的。

硬木能烧得更久一些。

人老了，嘴就塌陷了。苹果交换梨。

某个时刻，铜锣会响起，召唤所有人去用晚餐，她晒完日光浴的外孙女也会从码头返回，轻轻哼着歌，就像她一生都在做的那样，轻轻哼着歌，即便在她还只是一个小女孩的时候。所以，当你逃亡时，你终究还是可以带走某些东西的，某些没有重量的东西，比如音乐。

园　丁

　　秋天，老房主邀请园丁搬进主屋的客房，房间在一楼，有专门的盥洗台和独立的入口，在夜间储热器的帮助下，即使在冬天也很容易取暖。园丁接受了。最新的消息是，一位从柏林来的医生应该会租下养蜂场和昔日果园所在的地界。在清理养蜂场的架子时，年轻的房主在蜂蜜罐子间发现了一个装满银器的箱子。他取出那些银质餐具，将它们一一摆进主屋的银器盒里。他把自去年冬天起就一直搁置在摇蜜小屋里的加热盘管搬回了地窖。那位柏林来的医生一拿到地产右半边的所有权，甚至还未到秋末，便在从前旧篱笆的位置修筑了一排新篱笆。这不仅是他的权利，更是他的义务，因为这里的每一位承租人都要承担起维护地产左侧（面朝湖泊时的左侧）地界线的责任。园丁可以给村里执行这项工作的人指出一些古老的界石，它们虽隐蔽在灌木丛下，零零散散，却也不难发现。

村子里的人说，自从养蜂场被拆除，园丁就拒绝修剪他的趾甲了。据传闻说，园丁的趾甲已经从他脚趾的正面一路长到了脚底，然后又从脚底长到了他的脚后跟，尽管他可以把它们藏进鞋袜，你还是可以从他一瘸一拐的步态中清楚看出，有些地方不太对劲。村子里的人说，园丁怂恿房主的小女儿拔下一簇簇杂草，将它们连同根茎的烂泥一起扔进那位柏林医生刚刚盖好、新近粉刷过的房子里，说那女孩投掷的泥块留下的污迹至今仍清晰可见。村子里的人说，那些从柏林来的、负责把洗浴小屋搬迁上山的工人来干活时也穿着西装打着领带，说他们还在西装外面套上了深色的防风夹克作为掩饰，说这是园丁提供的信息。村子里的人说，旧时犹太人那块土地的新承租人，也就是那位柏林来的医生，应该为老房主的死负责，他当初住进医院不过是染上风寒，却在不久之后死在了那里。是那个医生故意给老房主打了太多针剂，他们说，因为对他来说，拿下一段通往湖泊的狭窄区域远远不够，他还想拿下那座码头，园丁肯定可以证明这一点。最后，也是园丁，他们说，举报了那位柏林来的医生，说他不久前在村里的小酒馆"歪云杉"庆祝豪饮后，带一个从奥得河畔法兰克福来的女孩偷偷穿过他自己的地界来到湖边，又从那里翻过篱笆，潜入了那座码头，把那座市政当局从未授予他使用权的码头变成了一次通奸的场所。这些，他们说，都是园丁亲眼所见。

老房主过世后，他的儿子，也就是年轻的房主，将木工房作为周末居所租给了一对从州首府来的年轻夫妇，这对夫妇常年将他们的帆船停泊在村子的港口里。作为交换，夫妇俩同意在夏天定期修剪大小两块草坪。当园丁帮转租人给割草机加汽油时，年轻房主的女儿和她的邻居朋友得到允许，可以帮忙拿着漏斗。

转租人

你得自己做决定，他说。然后她说，好的。但话音刚落，她便失声痛哭起来，而他起初甚至不知是为了什么。哪怕在监狱的探访室里第一次坐到他对面时，他的妻子也没有掉过眼泪。那时他说：我本来要去接你的。而她回答：我知道。仅此而已。更别提掉眼泪了。获释后不久，他就悄悄娶了她。到今天，三十年来他所做的一切，也在一次谈话的过程中阐尽了：你得自己做决定。她应了一声听起来像是"好的"的回答，尽管不可否认，这声"好的"并不完全清晰，然后她开始战栗，而他以为她只是冷了，便用一只胳膊搂住她。许多个夜晚，他们就这样坐在门外直至深夜，肩并着肩，在花园的秋千上，廊灯的幽光下，有时闲聊，有时沉默，视线如两条平行线凝望着茫茫夜色，凝望着在黑夜里温柔起伏的湖泊。被她的哭声吓了一跳，他迅速抽回手臂，用结婚三十年来从未有过的神情看着他的妻子。然后他起身朝码头走去，却没有同往常一样先用手拨开老柳树垂落如帘的枝条。现在他站在那里，凝望着夜色，留他的妻子在他身后的湖岸上兀自呜咽着。在长椅上号啕大哭，他想着，忍不住咧嘴笑了。这个笑容将他的嘴角拉扯得这样宽，几乎宽成了一副他再也无法收回的怪相。于是他站在那里，在码头上，就在码头与湖岸相连接的地方，就在他妻子突然开始哭泣而他如此决绝地踏上的地方，如此决绝，仿佛他只是大步迈进一间员工餐厅，或者迈向一家百货公司的收银机，他甚至没有留意到那棵老柳树的枝条是怎样划伤了他的脸，他只是站在那里，在夜色里，咧嘴笑着。天知道怎么回事。今天白天他们去航行了，风很小。她拿着缭绳，他扬着风帆，不时轻微地调整下方向。

航行是件美妙的事。他们太喜欢这片湖水了，在终于有机会在这里安顿下来之前，有很多年他和妻子都在港口附近露营。他们获准将湖边的木工房翻新成一处周末居所，但他们还是保留了一些有用的东西，比如那张带虎钳的工作台，那排放置钓鱼竿的木架，还有那个小盥洗台。在那些钉子、绳子、凿子、螺丝刀和胶靴之间，他们舒适地安顿下来，电视、桌子、床铺，他们所需的一切都在这里了，并且现在，从这里他们就可以看见他们的帆船，在靠近码头的两个浮标之间摇摆起伏。航行是件美妙的事。柏林墙倒塌之后，在房屋的女主人出国工作而她的父亲也无法照管这片地产的日子里，他的妻子开始用鹅卵石装点那片位于木工房和湖岸之间的小草坪，在篱笆旁种上芦笋，在花园秋千两侧低矮的树枝上挂上小花篮，就像她从前在露营地会做的那样。从帆船刚可以下水的早春开始，他们便日日出去航行，几乎风雨无阻。偶尔他们也会换一种方式，乘坐吊挂在工具棚后墙上的脚踏船出去。房屋的女主人已经同意他们使用脚踏船了，但他们知道，没有什么比让风推送着他们前行更加美妙了。航行是件美妙的事。

当他航行时，一切似乎都很安静。就算是风冲撞着风帆、拉扯着缭绳的时候，就算是那时。你甚至听不见自己血流的声音，他想，除非把手放到耳朵上，然后他便把他的手放到了他的耳朵上。当他们航行时，他和他的妻子只交换最为必要的三言两语。航行，像一种服务。至于是哪一种服务，他实在说不上来，就像他也说不上来是谁要求他和他的妻子保持这种沉默的，他们甚至从未提起过这个话题。当他航行时，水天在他眼里仿佛无穷无尽，尽管湖岸总是会出现在视野里，尽管他们只是一圈又一圈地从湖泊的这一端航行至另一端，然后再度返航，一圈又一圈。或许这种无穷无尽之感来自运动本身，他想，但这又是一件他从未与他妻子探讨过的事情。我应该打电话给我的姐姐吗，他妻子问，而他说，你得自己做决定。天知道怎么回事。此刻，脚下幽黑的湖水正轻轻拍打着湖岸，而身后，他的妻子正在啜泣。或许这啜泣也只是湖水在她心内的一种拍打，当她泪水潸然时，便循着她的眼睛和鼻子流出来了，他想着，忍不住再次咧嘴笑了。那一次，他试图游到河对岸的那一次，河水也是这样幽黑，水花泼溅的声响也是这样轻细。那天晚上他没能游出多远。就像今天。今天他站在码头的尽头，咧嘴笑着，但是他已经又一次被抓住了，又一次从身后被逮捕了，尽管没有绳索——那一次，是被来自河岸上的叫嚷、威吓和咒骂，今夜，是这哭声；那一次他身下无一物可依托，他在游泳，今夜他站在码头的尽头。而他的妻子，哪怕在监狱的探访室里第一次坐到他对面时也没有掉过眼泪的他的妻子，现在正在哭泣。

那时他已经知道，自己必须回头。他的朋友没有回头。这条禁止游泳的河流里，依然有河水汤汤流淌，一如其他所有的河流，其他所有他和他的朋友时常游水嬉闹、潜入河底，或者任凭水流将他们裹挟的河流。那天晚上，他在游泳时就已经感到惊讶，这件在此处被完全禁止的事情，不过就是和彼处完全一样的游泳而已。即使是今天他也知道，自己迟早都要回头，回到廊灯下的光晕里，回到他哭泣的妻子坐着的花园秋千旁。他学会骑摩托车时还不满十六岁，他和他的朋友就在离这儿不远的地方练习，在山上树林里一段未完工的公路上，或者说，一条不知从何而来，也不知通往何处的混凝土断带上——如果你熟悉这一片的话，你能在附近找到不少这样的混凝土断带。一条沙土路突然变成了一条公路，然后又同样突然地变回了一条沙土路，或者只是中断于树林边上的某个地方，仿佛那里立着一堵墙。那时，当他第一次从一位年长的朋友那里借来一辆摩托车，到树林里的这条公路上来练习时，他知道怎么踩油门，却忘了问怎么刹车。在公路中断、仿佛立着一堵墙的树林边缘，他全速冲进了树林里，抓着他朋友安装在车把上的广角反光镜，在橡树和松树间疯狂地转弯，不知该如何停下这机器。该死，他想，然后是急转，再急转，寻找着逃出这片树林的密径，与其说是用他的眼睛，毋宁说是用他的本能。他就是没想过要把脚从油门上挪开。有时，一个笑话里也藏有一枚坚硬的种子，于是当他咧嘴发笑时，会发现自己咬得太过用力，然后便无法松口了。该死。他的妻子还在哭泣。该死。他想着，背对着她站着。一个单词本身能否构成一个想法，他不知道，但不管怎样，这个单词就是他此刻所想的一切，与其说是用他的脑袋，毋宁说是用他的本能。如果是这样，它可能就是那种会毫无预兆地突然萌生的想法，就像他当初猝然闯入的树林，然后，又同样突然地结束了。只是因为那些橡树和松树栽种得太过密集，当你在它们的树干间迂回躲闪时，那条林中之路才显得无限漫长，当你在那片树林里横冲直撞时，那些林间荫翳才无法使你感到清凉，反而将你的五脏灼烧。该死。在遭遇一个又一个无休无止的急转与回摆之后，他终于再次感觉到了轮胎下的公路，就像它此前的消失一样突然。他有生以来第一次感谢了希特勒。所有的反光镜都仍然完好无损。

所以，回头，是一门他已经掌握的技艺，又或者，是这项技艺掌控了他，天知道怎么回事。不论径直向前还是回头折返，游泳都是一样的。而他的朋友，那天晚上与他一起喝醉，然后就像这只是个玩笑般，与他并肩跳下了那条河流的朋友，并没有回头。要么是他游泳时没有听见身后的呼喊，要么是他把那些呼喊也当作了玩笑的一部分，又或者——这也是有可能的——他只是不想回头而已。游泳总是一样的。他的朋友从未抵达彼岸，也没有回到此岸。航行。他曾与他的妻子练习过翻船。纵向倾摇船身，连带船上所有人员，然后再次摆正船身，使船倾覆。在船浮出水面时抓紧桅杆，以免落水。航行是件美妙的事。天知道怎么回事。

直到上礼拜，他的妻子才知道自己有一个姐姐。一礼拜前电话响了。是妻子学生时代的朋友，一位她已有三四十年没见过面，也没说过话的朋友。太惊喜了，所以你还是，你怎么样，谁给你的，他们说要重聚，不，是真的，等等，哦那个女孩，还有那个叫什么名字来着，那个辍学的，哦，所以他已经，太令人伤心了，他有没有，几个小孩，工作，丈夫，航行，周末居所，她知道地址吗，而且，都可以。对了，你姐姐怎么样了。什么姐姐。你继父还活着吗。什么继父。哦，等等，你还不知道，那位朋友直到这时，才在电话里道出一二。我的意思是，你的父亲竟然没有，什么，妻子问，凝望着那片湖泊，当她将听筒贴近耳朵时，那艘帆船正在靠近码头的两个浮标之间摇摆起伏。哦，我很抱歉，我，她朋友的声音正从听筒里传出，然而她的丈夫无法听清。她的丈夫只听见妻子停下来，听着电话，然后问：什么姐姐？片刻，在短暂的静滞过后，又问：什么继父？最后，只是说了，或问了一句：什么？早在德意志民主共和国终结之前，他就亲自动手铺设了电话线路，从主屋一路牵引到了木工房——

房屋女主人的父亲已同意他们在主线路外另设自己的分机。而他们自己则等待了十三年，才在他们位于州首府的公寓里安装上电话。只要有电话，它就会响。

我的童年就像一个童话故事，他的妻子总是这样微笑着对旁人说。接下来她会聊一聊她的父亲，教会她抓鱼、种芦笋、使用耙子的父亲。她的父亲总是称呼她为他的宝贝女儿。每当她说起她的童年时，所有聆听她说话的人总会流露出一种渴盼自己也拥有一个童话故事般的童年的神色。她从未提过她的继母。父亲在家时，她的继母从不敢打她。她不记得自己的亲生母亲了，她的父亲也从不谈起她。而今一生已晚，她才终于从电话里得知，就连她的父亲也不是她真正的父亲，并且除了她，还有另一个小女孩，就生活在邻近的某个村庄，她的姐姐，她全无印象的姐姐。她们，她和这另一个小女孩，来自波希米亚和西里西亚边境的巨人山脉，是作为战争难民的孩子被带到这里，然后被不同村庄的不同父母收养的，她的朋友这样告诉她。村子里的每一个人都知道。每一个人。除了她。哦，我很抱歉，我，她的朋友这样说。

一生已晚，一个人是否还应该去寻找自己的姐姐？还有，如果你真的找到了她，你是否应该打电话给她，邀请她前来拜访，又或是亲自前去拜访？你是给她写一封信，还是让一切维持原样，即便从今往后一切都将不复从前？任何一位乘船从她身旁驶过的年长女性都有可能是她的姐姐。邻近温泉小镇上那个永远推着一辆空手推车四处游荡、满嘴诅咒的疯女人可能是她的姐姐。坐在咖啡馆里吃蛋糕的女人。六十多岁、精力充沛、在分类广告栏里寻找一位不吸烟的男性的女人。或是柏林某个骨瘦如柴的老太婆。又或许，她的姐姐多年以前就已不在人世、身埋黄泉了。这世上的每一个人，现如今都是她的血亲了吗？还是反过来，一度与她亲近的每一个人现如今，都在弹指之间，变成陌路人或者死者了吗？还是一个孩子时，她总在追问父亲，什么时候她才可以自己做决定。后来，父亲过世后，每当她不知如何是好，她依然会想象父亲在这样或那样的情况下会给她什么建议。但如果连父亲都不是她的父亲，还有谁可以给她建议呢？刚才，当她询问她的丈夫，她是否应该打电话给她的姐姐时，他只是回答：你得自己做决定。而今一生已晚，而她无家可傍了。如果她想要回到自己真正出生的地方，她应该去哪儿呢？巨人山脉？

就在他们爬进那条幽黑的河流，那条他在不久之后便浑身湿透、哆哆嗦嗦地上了岸而他的朋友再也没有上岸的河流的前一个礼拜，他们才开始认真思考自己的处境。他们的学业堪忧，不论是他还是他的朋友都不可能通过即将到来的考试，这是显而易见的。出于各种各样的原因，他们把本应付诸学业的时间都花在了别的事情上。他的朋友曾是学生嘉年华活动的组织者，他考察了众多地点，寄写了无数书信，直至自然历史博物馆最终同意开放几个展厅给派对使用。学生们装扮成魔鬼、恶棍、女学生、罗马人或美人鱼的模样，在闭馆之后蜂拥涌入那栋宫殿般宏伟的建筑，在玻璃陈列柜上排开冷盘自助，然后整晚都在恐龙骨架和大猩猩标本之间跳舞。一些人试图饮下陈列柜里用水稀释了的酒精，另一些人爬进更大的实景展示窗里，在狐狸与麋鹿之间摆出一幕幕表现爱与酣睡的活人静画。总之，这场史诗般盛大的派对，这场有人求婚，有人接受求婚，还有人成功受孕的派对，把他朋友脑袋里关于统计学和结构物理学的最后一点心思也驱逐干净了。而他自己，则是在一次柏林废墟的探险之行中，偶然发现了一处可追溯至上世纪的地下墓穴，其墓室中还保存有几具毕德麦雅时期*的尸体，以及他们的衣物和头饰。躺在他们的棺柩之中，他们已然比那场战争、比所有那些更为新近的死亡留存得更久了；尽管干瘪、萎缩，却依然从头到脚，从趾甲到帽冠都清晰可辨。他曾问过他当时的未婚妻，也就是他如今的妻子，她是否愿意在她的走廊里摆放这样一具尸体，作为某种类似衣帽架的东西，但他的未婚妻以为这整件事情都是他胡编的，衣帽架也只是个玩笑，还是个糟糕的玩笑，所以她甚至都没有笑。那以后，他便成日待在那个地下墓穴里描画那些尸体，自然也就无心顾及什么物理原理了，哪怕是使这一废墟成为可能的物理原理，比方说，是什么使它不至倾颓。

---

* 指德意志邦联诸国从 1815 年（《维也纳条约》签订）至 1848 年（资产阶级革命开始）的历史时期，现多指文化史上的中产阶级艺术时期。

我们必须去西边。那天晚上，在距离考试仅剩一个礼拜的时候，他的朋友这样说道。我们可以到那边重修一年。东边的学生到西边继续学业时会从低一年级读起，而这一年正是他们迷失在派对和尸体里的一年。一个全新的开始，他的朋友说。留在这里是没有机会的：这里，他们这一整届学生的档案——以及时间本身——都在稳步推进。然后他们开始琢磨从哪里逃跑最不费劲。他和他的朋友对"绿色"无标记边界周围的地形都不熟悉，他们也没有热气球，所以最终，他们决定横渡易北河。天气还这么冷，他的朋友说，边防军不会真的以为有人要游过这条河。我们先把自己灌醉，这样就不会觉得冷了，然后我们就赶快游过去，他的朋友，一位撒克逊人，说。他和他的朋友都没有带上他们的女人，虽然这在现在的他看来似乎难以理解，但当时，他真的是把他的未婚妻忘得一干二净了。一个礼拜后，他们带着一把管钳，三瓶酒，还有他们的自行车登上了一列火车，在一个半小时的车程过后，从一个小火车站骑自行车出发，来到了易北河沿岸的草地上。那里，他们在夜色中把自己灌醉，然后，就在他们统计学和结构物理学考试的前夜，按计划爬下了那条河流，打算游回一年以前。

再次见到他的未婚妻，也就是他如今的妻子，是在法庭上了。她是作为证人被传唤到场的，人们询问她是否清楚他逃离本国的计划，而她只是诚实否认。与这一刻相比，所有结构物理学的问题都突然变得简单了。他终于明白，自己是一头游入了考场，而非远离了它。尽管游泳总是一样的。后来，他让他的未婚妻给他捎来一本关于结构物理学的书，他研习后还为他的狱友们辅导了这一课题，毕竟当时在监狱服刑的建筑业男性比例远高于往常：在柏林墙修筑期间，有不少工人试图逃往他们正在修建的建筑物的另一边。服刑期满后，他去见了他以前的教授，并请求他允许自己参加考试，虽然他当时已经被开除了。他以优异的成绩通过了考试，但再未继续学业。

现在，他妻子的情绪似乎稍有缓和了。他听见杯碟碰撞的声音，这意味着她一定已经起身，开始收拾桌子了。当他转过身时，透过柳树枝条的帘幕，正好瞥见她端着托盘的身影，消失在工具棚里。他的目光继而落在她挂在树上的白色塑料花篮上。这些被廊灯照亮的花篮，这些人造之物，看上去甚至比那灯光本身更加远离黑夜。这个他和他的妻子在各种工具之间安顿下来的工具棚，此刻亦被黑夜所笼罩着。自从这块土地前主人的继承人提出申请，要求归还属于他们的财产后，夫妇二人与房屋女主人的协议也只能保障一时了，正如房屋女主人所言，不论是这些度假别墅本身，还是他们的转租关系，如今都只是权宜之计罢了。等继承人的所有权得到法律确认后，他和他的妻子将不得不离开这里，这就是他们早前达成的共识。但那会是什么时候，没有人知道。转租人，听上去像是某种杂草的委婉说法，他的妻子在他们与房屋女主人谈话后曾这样评论，而不知何故，自那以后，他总会将杂草这个念头与他在此地航行时所体会到的快乐联系起来。快乐来自混乱，正如那份无穷无尽之感来自这方总有尽头、而他此刻正转身离开的湖泊一般。他和妻子周末住在一个工具棚里，把他们的帆船拴在一座不属于他们的码头上，并且——尽管如此，他还是会说——并且感到快乐，在这一小块他们只是有条件地借住的土地上，感到完完全全、彻彻底底的快乐。

　　如果他当时成功逃离了，他或许会在西德设法完成他的学业吧。无论如何，地下墓穴一开放，城市历史博物馆就买下了他的尸体素描。尸体被重新安置，教堂亦得以重建。只是他在服刑期满后，便被发配到生产劳动中去净化他自己了：他被指派去了一家家具工厂。在东边，这也是意料之中的事。事实上，这只是一个过渡安排，一项权宜之计。半年后他就会得到允许，可以继续他的学业了，就算是在东边。但是他却自己决定要作为一名普通的工人留在工厂。这项权宜之计于是就此持续了他的整整一生，直至现在，直至他退休。每当谈话中提到这个话题，他总是说，他只是意识到，比起学习，他更喜欢这种实实在在的工作。天知道怎么回事。感受着在他步履之下轻微摇晃的码头木板，他想，要是他和他的妻子能在财产继承的问题最终解决前死去，该有多好。那样，在葬礼上发言的人就可以说，直至生命的最后一刻，他们仍能够追求自己所钟爱的事物：航行。

园 丁

村子里的人说，有人看见那户人家的女儿晚上和几个男孩一起坐在汽船停靠的码头上抽烟、喝酒。尤其是月圆的时候，她喜欢翻过窗边小露台的栏杆，在她父母和祖母浑然不知的情况下，沿着楼下窗户的窗框爬下来，踩上园丁伸出来辅助她的交握在一起的大手。之后她会用同样的方法再爬上楼。

令转租人宽慰的是，他们锯倒那棵大冷杉时，园丁仍然安静地坐在门槛上，嘴里叼着一根冷掉的雪茄烟头。他们想把电话线尽可能成一条直线地铺设到木工房，这样他们自己买来的连接线才可以够上主线。反正那棵冷杉近年来已经变得凋黄、难看，而且它的树干也已经中空有一段时日了。在清除它那巨大的树桩与残根时，他们发现了一个装满瓷器的箱子。不错，花园里什么都长，当他们把箱子拿给年轻的房主时，他这样说道。大自然的奇迹，他说。园丁点头。房主抱起箱子，把它搬到了他的车里。

童年好友

　　有时他会爬上梯子，把去年秋天他铺盖在洗浴小屋芦苇屋顶上的防水油布抻直。或许他也会用同样的动作为他的朋友在夜里拉起被子，掖掖被角，如果她现在，像许多年前他们约定的那样，成为他的妻子，躺在他身边的话。面朝湖泊的那半边屋顶已经开始腐烂。他所做的事情并无多大意义，屋顶在防水油布底下甚至可能腐烂得更快，然而他就是无法弃之不顾。在防水油布底下，它至少还能再固定一段时日，至少看上去，还像一个屋顶。

　　如果那天，他父亲没有让他从建筑工地跑回家拿些啤酒，他就不会在她与她父亲在他们家对面的山坡上采摘覆盆子时，刚好从那条小路上走下来。

她的父亲挥手示意他过去，问他是否也想要采些覆盆子，而他回答好的。自那时起，自他第一次与她一起采摘覆盆子的那一刻，直至今日，直至他爬上梯子，抻直铺盖在洗浴小屋屋顶上的油布的这一刻，命运已然选择了它的道路。有时他也会问自己，如果那天，他们的父亲没有像串通好似的让他们成为彼此的玩伴，他的一生是否还会变成这样的一生。但人生，无可否认，本就充满了各式各样的"原本可以"，另一场大概也与他这一场不相上下。早在那时，早在他五岁而她刚满四岁时，他们的父亲，或者天知道是谁，已经一劳永逸地决定了他此刻的姿态，决定了此刻，五十多岁的他会站在一把梯子的顶端，抻直一块被风吹皱的油布。

我赌你不敢在这树枝上再往外爬了，我们去荡秋千吧，你知道你可以点燃香蒲吗，我们用这些瓦片在水里盖一栋房子吧，我发现了一个弹壳，我也发现了，我们去荡秋千吧，把木板放到轮胎上你就有一艘木筏了，你得用接骨木的茎秆来做吹管，它们是空心的，园丁是这么说的，我们去利特克公园吧，那儿的东西全是野生的，还有苹果，不属于任何人的苹果，我们去荡秋千吧，过来，我把你举起来，你可以下潜多深，我的船上有金属做的方向舵，卧室就从枕头到毯子那么大吧，我们去荡秋千吧，你可以放开双手骑车吗，你知道那个叫丹尼尔的小男孩会爬上窗台往窗外撒尿吗，哦不，我的桨掉进水里了，给我一个吻。

站在梯子上，他可以清楚地看见那棵大橡树，在那儿，在它的树根中间，就是他们埋下那个小箱子的地方；宝藏般的小箱子，里面装着他姐姐婚礼上的铝制钱币，他们挖坑时，还在那地方发现了别人埋下的白镴水壶。现在，当他站在梯子上时，他看向的也并非那棵大橡树的树根，而是那个想必还埋在地底下的小箱子，或者，如果它已经腐烂，至少那些钱币还在。你知道丹尼尔死了吗？你知道他在他父亲企图枪杀他母亲之前就已经死了吗？你还记得他过去常和我们一起去潜水吗，在芦苇荡里，在梭子鱼间，记得它们的鱼嘴撞在我们的腿上有多么冰凉吗？边境开放后不久，他去加勒比海潜水，然后就溺死了。不，不是玩笑。好像开放边境只是给了他更多可能的死法而已。那趟旅程是他的"原本可以"。而现在，他永远都是一个小男孩了。那天晚上，在丹尼尔身患癌症、躺在临终之榻上的父亲朝丹尼尔的母亲开枪后，他的母亲也躺到了临终之榻上。不，不是玩笑。仿佛在这样的家庭里，死亡终将噬尽一切。你看到报纸了吗？一连数日，头版都刊登着那栋小屋的照片，那栋丹尼尔曾往窗外撒尿的小屋。现在那窗户漆黑而空荡，自枪击以来，整栋小屋一直是漆黑一片。他们说争论的焦点就是那栋小屋本身。丹尼尔的父亲从床上朝丹尼尔的母亲开了一枪。是关于丹尼尔同父异母的弟弟的继承问题。从西边来的那个。不，不是玩笑。所以开放边境显然也给了丹尼尔的父母更多可能的死法。

去年秋天，为了把防水油布铺盖在屋顶上，他再次踏足了他童年好友的旧居。自从多年前他帮她收拾东西、清空房屋以来，这还是他第一次重返旧地。他跳过界石搭起的矮墙，穿过灌木丛，因为他小时候经常出入的大门如今已经上锁了。曾经他们还一起坐在大门两侧砖砌的门柱上，只为朝路过的人吐舌头。现在，当他回想起她清空、搬离这栋房屋的周末，回想起他十四岁时去柏林的拜访，甚至回想起更久以前，回想起那个午后，她和他在柴房里目睹了那件要是他们没有目睹就好了的事情的午后，令他感到迷惑的是，不论当下正在发生什么，一天总是接着另一天，而直至这一天他都不明白，那仍在继续着的究竟是什么。或许永生已然存在于人的一生之中了，只是因为它看上去与我们期盼的有所不同——某种超越过往发生之一切的存在——只是因为它看上去就像我们深谙已久的旧日生活，所以没有人认出它来。那栋房屋依然伫立在那里，但他不确定那依然伫立着的究竟是什么。还有他自己。当然，还有她，在世上某个地方的她。

我们家的花园里有醋栗、茶藨子和苹果树，但今年醋栗和茶藨子已经结过果了，他说。那天下午，她的父亲同意他带她参观他的花园。我们家就只有玫瑰，她说着，站在那儿，在他的花园里，咬了一口依然青涩的苹果。那就是他，现在回想起来，认为他童年开始的时刻；一个又一个的假期，随着她的到来而开始，随着她的离开而终结。那一天，当他的姐姐穿上婚纱，踏上去往教堂结婚的小路，当一罐寓意好运的钱币被倾倒在她身上，而他和他的朋友后来又从沙地上捡起了所有轻薄的、因为是铝制的所以几乎没有重量的钱币的那一天，就在那一天，当婚礼的列队渐行渐远而他们依然在苍白的沙地里摸寻捡拾的时候，她和他第一次说到了结婚。

你可以用一块很重的石头砸开榛子，它们里面还是白色的，我们去荡秋千吧，我可以绕着这个水坑骑一圈，左转用前轮，右转用后轮，我们来发明一种秘密语言吧，亲吻应该被叫做唧啾，不，不是玩笑，我们去荡秋千吧，钓鱼时不可以说话，用手掌把丁香叶子压平，这样就能做出最棒的口哨，园丁是这么说的，我们去荡秋千吧，过来，我们把鼹鼠埋在这棵树下吧，你可以吃掉牧羊人钱包 * 上的小心脏，我们躲到冷杉后面吧，给我一个——我想要唧啾，我也是。

他的父母总是离家很早，在清晨六点，而他的朋友会在八点用早餐，所以他可以在八点半过去找

---

* 荠菜的俗称，因其籽荚扁平呈心形、像牧羊人的老式羊皮包而得名。

她。清冷的早晨，当他按下门把手时，那个有着左右两个门柱的大门的把手上还沾染着露水的湿气。他会走过厨房的窗户，轻敲绿色的窗玻璃，这样厨娘便会为他开门，然后他会走进屋里，等候在客厅的长桌旁，那张他的朋友和她的家人以及她家人的朋友围坐的长桌，而他会站在那里，倚靠着冷掉的暖炉，等待她吃完早餐，然后他们会到她的花园或他的花园里玩耍，去他的码头或她的码头边游泳，躲进她房间的秘密衣橱，藏到那些大衣和连衣裙下面，或者去他家——他家的电视即使在大白天也会一直开着——看那些黑白的牛仔在一片黑白的平原上策马疾驰，看最终他们的黑与白纷纷坠落，逐一死去。

他曾经读到，胚胎在子宫里会经历进化的所有阶段，它们最初是鱼和两栖动物，后来长出了皮毛，然后，又过了一段时间，长出了猪的脊椎，直到最后才变成人类，降生于世。或许，他想，还有第二次远古纪元，就始于降生之后，并且这一次是加速了的人类进化史，只不过是以童年的名义进行的，仿佛每一个人都必须再次经历狩猎、采集的时代，仿佛那就是各种各样的成年人得以发展、形成的基础。毕竟，鱼和两栖动物就在进化过程中形成了种类繁多的生物，有些发展成了陆地生物，最终变成了猴子和猫，另一些选择终生生活在水里，后来变成了海豚或鲸鱼。如果事情真是这样，他便是在石器时代认识的她，并与她共同生活到了大约中世纪晚期，总算是一段持续了两百五十万年的时光。

或许，至少在今天的他看来，这样一个两人一起度过的远古纪年，是比誓言更加牢不可破的羁绊。毕竟他们的眼睛，那天她和他在柴房里目睹了那件要是他们没有目睹就好了的事情的眼睛，还好好地长在他们的脑袋上，尽管这两颗脑袋从纯粹的空间维度来说，已经是天各一方了。那日所见之事仍然历历在目。在那间柴房里，在所有木柴的顶端，在柴堆和天花板之间那一米见深的空间里，他和她为他们自己打造了一处藏身之地。他们用木柴把那上面的空间分隔成房间，又在房间里铺上地毯的残料，在木柴上钉满碎布，还挂了一个手电筒用来照明——就这样，他们爬来爬去，拥有了一套完整的公寓可以安家。从他的梯子上，他可以看见那间柴房的屋顶，它已经完全被落叶与枯枝覆盖住了。我的表妹，妮可，也来这里玩了，她总想去裸泳，甚至让我在她赤裸的时候亲吻她。勒内，国家汽车轮胎联合企业主任的侄子，比他们年岁稍长一些，也是来度假的孩子，且只要他来，他总会到柴房里来找他们，爬上他们的藏身之地，压低脑袋坐着，满嘴都是他们应该尝试这个那个的建议。我的表妹，妮可，也来这里玩了，她总想去裸泳，甚至让我在她赤裸的时候亲吻她，她和你一样，只有十二岁，但我敢肯定她也会和我睡的。每个电源插座都有三根导线，一根蓝色，一根红色，一根黄色。蓝色和红色是电流流动必不可少的，而黄色，即使并不连接任何地方，也总是在那儿，它被称作地线。我的表妹，妮可，也来这里玩了，她总想去裸泳，甚至让我在她赤裸的时候亲吻她，她和你一样，只有十二岁，但我敢肯定她也会和我睡的。你们可以看着，藏在木柴后面。你们想看吗？

　　那个年纪，他们早已知道鲜血从伤口里流出的样子，他们甚至用一把小刀割破过自己的手臂，好让彼此成为血肉相连的至交，他们也知道当一个人拉屎时，那香肠似的东西会先极其缓慢地从洞口冒出，然后迅速蹦出、掉落——在湖边的柳树下先是他，然后她也蹲了下来，好让另一个人可以观看。而因为观看永远就只是观看而已，既不用碰，也不用闻，不用尝，甚至不用听——说到听，当你把手放到收音机扬声器的布罩上时，手掌还会轻微地震颤——而因为观看本身永远不会汲取哪怕是一丁点儿的现实，当时他们都觉得，他们眼睛背后的储藏室，好似无穷无尽的宽广，这也正是为什么，她和他都对邻居的建议毫不犹豫地回答了：好的。

当然，当勒内问他的表妹妮可，她是否知道孩子是怎么被造出来的时候，他们本可以轻推一把那将他们与他们藏身之地的卧室隔开的木柴堆，即使晚了一些，当勒内向他尚且懵懂的表妹妮可解释这件事时，他们还是可以突然从那木柴堆后猛冲出来，宣布这一切都是一个大玩笑。但是当勒内，比他们都年长一些的勒内，问妮可是否愿意试试他刚才向她解释的事情而她说了不，然后不停地、一遍又一遍地说着不，当他把她压倒在地，用他的身体把她的双腿撑开，且两人都因为刚游过泳还赤裸着身体的时候，当妮可，当时只有十二岁、比过完这个夏天就要开始当学徒的勒内身子柔弱得多的妮可开始哭喊而他捂住她的嘴，开始趴在她身上来回猛抽的时候，他和她仍然只是观看着，透过柴木堆上一道狭小却足以令他们观看到所发生的一切的缝隙，观看着。起初，冲出他们的藏身之地还太早，后来，又太晚了，太早和太晚之间的分界是如此的鲜明，甚至不能被称作无人区*。在那堵勒内将两个观看者围困起来的木柴墙后，昏暗，逼仄，他们只要稍微挪动一下位置，一切就会轰然崩塌。

他们看见了。他们看了那么久、那么多，以至于他们眼睛背后的储藏室都装满了这件要是他们没有目睹就好了的事情。他不记得后来，他和他的朋友是如何爬出他们的藏身之地，又是如何爬下那参差错落、高高摞起的木柴堆，重获自由的。如果你非得依循一个人的记忆来判断的话，他会认为他们可能再也没有回到外面，而是时至今日也仍然蹲坐在那间柴房的屋顶之下，而那方屋顶在此期间，已经完全被落叶与枯枝覆盖住了。他希望自己从未学

会：比起共同的快乐，人可以被共同的贪婪和羞耻更加彻底地桎梏在一个地方。

当时，他唯独不能理解的是：他的朋友只是来他生活的地方度假而已。他仍然生活在那里，尽管他的手已经开始变成一双老人的手了。直到成年仪式后他去柏林拜访她，在那一个特别的、他刚刚举办完成人礼*的周末，在那唯一一次逆向的、他是启程前往而她是生活在那里的人的旅途上，直到那时他才如梦初醒，但那时已经太晚了。我心中的阳光，她的一位同学写信给她，总是使用同样的称谓：我心中的阳光，还有其他各种内容，在她藏在铅笔盒里的小纸条上。当有一天他偶然发现了这些纸条，并问她除了自己以外还有谁可以称呼她为心中的阳光时，她取笑了他。只是某个人开的玩笑而已，她说，只是一个玩笑。但是当他仍不放弃，也不准备一笑了之时，她变得恼怒，并且有生以来第一次对他大声说了些什么，一些即使在当时对她来说也显

---

* 德国青少年在十四岁时举办成人礼（Jugendweihe）。起源于十九世纪的宗教运动，在东德政府时期被重新引入，并设立为官方仪式，标志着青少年获得政治共同体的成人成员资格。

然已经不言自明，但即使到现在对他来说也根本不是不言自明的事情：当她在柏林、在她生活的地方，她可以做任何她想做的事情。

从那一刻起，他便再不可能——不论是在她下一次度假还是在之后任何一次度假的时候——在她与家人围坐在一起用早餐时，站在那张长桌旁等候她了。有一瞬间，他看到自己站在那里，就像一个等候在旁的仆人，就像有人把他从头到脚装进了一个大盘子，嘴里衔着欧芹，脚趾间塞着一个烤苹果，您想要吃我吗，夫人？从那一刻起，他这只两栖动物选择了到陆地上生活，而她那只两栖动物选择了生活在水里，又或是反过来，总之，她中世纪晚期进化的结果就是从某一天起，她甚至不必再向他解释任何事情，便带着一位男性友人出现在了他家的门口。她想把这位友人介绍给他，她的童年好友，她如今就是这样介绍他的。而他，她的童年好友，站在他家的门口，鼻孔里塞着一团草草撕下、揉成一截的纸巾，因为就在她敲门前他突然流了鼻血，只好这样临时自行处理了。她叩在他门上的敲门声依然是他们小时候约定的秘密敲门声。他打开门，

看见他的朋友和她的同伴一起站在那里。日安，你
们想进来吗？那位柏林来的友人看了眼他女友的童
年好友塞在鼻孔里的血淋淋的纸巾。我就不打扰了。
后来，当她又带着这个或那个男友到乡下，并在他
们的陪伴下路过他的房屋时，她不再那样频繁地来
敲他的门了，但是当她看见他的腿从修车厂某辆汽
车底下伸出来时（他在他的房屋旁边搭建了一间修
车厂），她总会大声同他打招呼。而当她最终与那些
男友中的一位结婚后，年复一年，许多话已无须多
言：冬天，他会帮她的丈夫把皮划艇从湖里拖拽上
岸，翻转倒置，把脚踏船吊挂到工具棚的后墙上；
春天，他会帮转租人重新拼装起码头。偶尔，当她
和她丈夫没法抽空到乡下来时，他还会帮着修剪绿
篱、耙拢落叶，打理所有园丁如今因为年纪太大而
无法顾及的事项。他们支付给他的时薪远高于当地
的一般水平。

你能搬动那箱书吗，当然，但我的左手还空
着，鞋子都在这儿了，好的，咖啡研磨机就留下吧，
可以，有道理，反正它也生锈了，我把衣橱里的衣
服和外套都铺在床上了，它们装不进任何一个手提

箱，你得把它们挂起来，没问题，你拿床单被套了吗，拿了，壁橱的钥匙就留在锁孔里好了，谁知道会不会有别人需要它，这都是小事，你到地下室去关水电了吗，没有，我们最好别关，万一园丁又回来了呢，对了，得把洗浴小屋的百叶窗合上，好的，我会跑一趟，但脚踏船就留在那儿，我和租客说了，他们想要的话可以拿去。那些毛巾，我该怎么处理它们啊，如果你不需要，就把它们送人，你能帮我搬一下这盏灯吗，就这些了，装不下了，我想你是对的。

　　她搬走时，这栋房屋仍然属于她和她的父亲，因为只要房屋的所有权问题还悬而未决，他们就不能将它擅自出售。它属于她，属于她的父亲，电话也还可以用。当那个她父亲雇来为他投资地产的投机商中断了翻修工程，留这栋房屋自生自灭时，水电都被切断了——但如果她回来，只需一些简单的调整，她就可以让一切重回正轨。直到很久以后，这位投机商才再次打电话给他，请他挖开房屋旁的小路，剪断电缆，拆除水管，这样万一有人决定在这栋空房子里安身的话，她的父亲才不必对可能产

生的费用负责。只有电话线路被保留了下来，因为
转租人早前已征得她父亲的同意，另引了一条分线
到木工房。

近年来，在湖泊周围的地产上帮忙打理这类琐
事，他有时还能赚点额外的收入。过去人们瞧不起
私下雇佣，过去，人们会自动将"劣质"一词与这
样的工作相匹配，比如在未经许可的情况下对建筑
物进行扩建等等。但现在，这些"劣质"的工作一
般不过是锁上某些东西，以及拆除某些东西罢了。
在此之前，他就应丹尼尔同父异母的弟弟的要求，
挖开过丹尼尔家小屋门前的沙土路，以切断供电和
供水。施梅林的房子被烧毁后，他也曾帮忙清理过
废墟。大火过后，那块地皮一夜之间变得非常便宜，
只是对他而言还是太贵了，毕竟在他这个年纪，买
下一块未开发的地皮并不值当，何况他也没有任何
人可以交托。下一场暴风雨又会把防水油布从屋顶
上撕扯下来，你总不可能把钉子钉进稻草里去，但
是用绳子把它绑到洗浴小屋的屋顶上也是同样的敷
衍，他边想边拉紧了绳子。等他自己那栋房屋的裁
决下达后——因为那里也有人提出了归还地产的要

求——他会在区首府找一套小公寓，一套有中央供暖，购物方便，还不太贵的小公寓。

园 丁

冬天的周末，出门滑冰时，转租人看见了园丁留在雪地上的脚印：它们起于客房，散落各处，交错经过上方的两块草坪，又径直穿过前花园，延伸出了大门，且所有这些脚印都清楚表明，没有一条路径被重复走过。当他们碰到园丁时（这极少发生），他们会询问他是否需要什么东西，他们下次来时可以带给他——村里面包房新鲜的面包，鸡蛋，面条，水果，或者酒水。但园丁总是拒绝。他摇摇头，继续往前走，嘴里叼着一根冷掉的雪茄烟头。村子里的人说，柏林墙倒塌后，转租人把真正的梅森瓷器低价卖给了西边来的买家。村子里的人说，已经有一段时间了，园丁除了雪什么也不吃。

当房屋的女主人从柏林赶来为投资者清空房屋时，园丁已经不在那儿了。他的房间里，桌子，椅子，床铺一如往常，几件衣服扔在挂钩上，他的胶靴还立在角落里，但园丁本人却不在那儿。当被问及园丁的下落时，转租人不知该说些什么，他们也有一段时间没有碰见他了；近来他走路越来越不利索，尤其是下坡的时候。他会不会出什么事了？不，转租人回答，他们不这么认为。与房屋的女主人还有她村里来的朋友一起，他们上上下下寻遍了所有地方，最后甚至沿着湖岸检查了一圈。总之，显然，他不在这儿。

再也没有人见过园丁。于是，两个月后，当投资者再次敦促他们加盖一堵围墙，把园丁潮湿的房间和主屋分隔开来，以阻挡那已经在那里出现并且开始蔓延的干腐病时，房屋的女主人和她的父亲最终同意了。

非法所有人

　　索赔：放弃并清除土地和房屋，以换取补偿金的交付。反索赔。是否存在善意取得、是否存在对物的使用和享有权与争议事项无关。德意志联邦共和国民法，第 985 页，原告的索赔依据。无争议。实际占有。实际占有指：某物在某人的实际控制下。民法，第 17 页。此外，鉴于第三方在充分了解返还原物请求的情况下使用了不动产，法院可选择不就第三方是否有权获得补偿金作出裁决。鉴于债权人权益的性质，对扣押权予以排除。根据不正当得利法提起的诉讼，反诉人的权利应介于该不动产当前市场价值与其不附加额外投资价值的差额之间。使用不动产的时间点。调解程序。须查证地契登记处资料以作出具有足够确定性的裁决。第一优先权财产留置权登记。本协议。附加：本协议履行完毕后，所有与争议对象相关的索赔要求均在此。附加：所有与争议对象相关的索赔要求均在此得到满足，进一步的诉讼在此。在此予以排除。

现在，她想再一次走进这栋房屋。钥匙还挂在她的钥匙扣上，可以打开、锁上这栋房屋所有房门，包括那间柴房的门的钥匙，老旧的专利钥匙，蔡司依康，她两天前就应该正式上交的，但她还想用这把钥匙再次打开、最后一次打开那扇门，那扇门锁总会在钥匙转动半圈后发涩卡住的门。门上的窗格玻璃发出微弱的叮当颤响，红色和黑色的油漆脆屑从保护玻璃的铁艺卷须上震落。她先把门稍稍上抬——像往常一样，这样钥匙就能继续转动了——然后把门敞开，直到它撞上房屋的墙壁，最后将那依旧静候在那里等待被使用的挡门石推到门前。她走了进去。

杂物间的彩绘小门已从门铰上被卸下，所以当她走进房屋时，最先看到的不再是往日里那幅有着十二个方格篇章的伊甸园，而是一把旧扫帚，一个手刷，一柄铁锹和几块抹布。通往客厅的房门也被卸下了，所以她无须按下那个黄铜把手便可以走进，她走进时，也不再能够听见那一声金属的叹息。九年前，两面墙体由于受到干腐病的侵染，墙上及墙体周围的所有木制品都必须被卸下或者拆除，因此沿墙摆放的那条长椅也不知所踪了。工人们把与其配套的长桌和那两扇门搬去了洗浴小屋，但那里太小了，放不下那张长桌，他们只好把它立起来，它于是时至今日也仍然那样立在那儿，她进屋时透过百叶窗的缝隙瞥见了它。洗浴小屋的钥匙还挂在钥匙挂板上，在它的老地方，紧挨着木工房的钥匙，而木工房的钥匙上还一如既往地悬荡着金色匙饵，钥匙挂板也还挂在那儿，在暖炉旁的拐角处，一如既往，只是现在已经没有暖炉了，它曾经背靠的墙壁也已经腐坏了。她出国工作那些年，干腐病一路蔓延到了二楼，而她的父亲花了整整一个秋天、一个冬天和一个春天与他请来的先生谈判，让出了对房屋进行投机买卖的权利，以换取迫切需要的维修，但房屋法律意义上仍然属于他们。返还原物的官方裁决一日未落定，他们便一日不可将其出售，但在所有东德的银行存款均被削减了一半的情况下*,他们也再无力维系房屋的开销了。亟待解决：房屋为诉讼对象。所有权待定。登记编号 654。

她的父亲向来不大喜欢自然，早年他提到"自然"一词时甚至还带有几分轻蔑。他总是说他讨厌修剪草坪，对花草感到腻烦，觉得游泳也无聊透顶，只在极少数情况下，他才会潜入芦苇丛中，用鱼叉捕捉梭子鱼。所以当祖母过世，他立即将她作为共同所有人添加到房屋的产权证明上时（删除是通过在第一行的上方以及最后一行的下方划上竖线，使对角线上的两行文字从左上角到右下角彼此相连来标记的），她并不感到惊讶，她甚至不感到惊讶，当建筑师妻子的继承人们（他们全都住在西边）申请将土地的所有权归还给他们后，父亲连一次也没有回来看过这处地产，她也不感到惊讶，当父亲与投机商达成最终协议后，他甚至没有参与清空房屋。是她的童年好友帮她清空了房屋，也是他最先留意

到那些干腐病的。多年以来，仅有一次，当房屋已经空置而她和她父亲在等待官方的裁决时，他对她说了一些她此前从未听过的事情。他说，每当他在别处某地发现自己不得不注视着这样一片风景，这样一片被群山与湖泊环绕的风景时，他的感觉与他每每听到有人说俄语时的感觉极为相似。俄语，他出生之地的语言。他这话究竟是什么意思，他从未解释过。她只知道，当他搬出儿童之家时——他的父母因为相信集体教育而将他送去了那里——他已经长大到可以修剪草坪了。自然。

排污管被树根堵塞了。必须砍掉六棵树的树枝。合法使用权与地产买卖合同有着同样的命运：均未生效。商议。失效。废止。执法机关无法根据批准的调查方法确定适当的补偿金额。诉讼未决期间的金额及累计利息。具有追溯效力且未来适用。

投机商解决了干腐病的问题，铺设了新的屋顶，拆除了旧的浴室，打算将其彻底翻新，他还用一堵墙隔开了园丁那间已经变得非常潮湿的房间，同时打通了车库的墙壁，由此获得了一间额外的房间。

然而后来，当他的希望——与房屋的继承人达成协议从而买下这栋房屋的希望——化为泡影后，他切断了电缆，离开了房屋，就那样扔下它不管了。自她上次与她父亲谈起那处地产至今，又过去很长一段时间了。法定，第三部分，第一条，土地留置权，地皮，地块，地界。产权有争议。无上诉可能。

通往二楼的楼梯积满灰尘，拱形天花板的灰泥片片剥落，粉碎在台阶上，就连二楼曾经锃亮的软木地板如今也覆盖着一层均匀的灰尘。现有结构损毁严重，可予起诉。浴室里什么也没有了，只剩一扇明亮的彩绘马赛克小窗，而盥洗台、淋浴间、马桶、瓷砖都不见了，现在她可以径直透过支撑地板的横梁看到楼下的大厅，那位置大概就是她祖母过去每晚，因为她备受尊崇的个人地位而坐在最舒服的花园椅子上看电视时的位置。在那间她童年每个暑假都睡在里面的小鸟房——一份又一份反对清除有争议财产的请愿书——她现在打开了那个隐藏式衣橱的厚重橱门——非法侵入——那扇她童年时代的秘密橱门，小轮子在落灰上画出了一道半圆，挂衣杆上还留有她清空房屋时落下的空荡的衣架。她现在可以直接穿过这个大衣橱的内部，进入她祖父母那间置满壁橱的房间了，因为曾经分隔两个空间的墙壁如今也不在了——缺乏取得本许可证的资格，无论未来所有权变更与否，本裁决都将继续有效，违反管辖权——她走进的衣橱闻起来仍然有薄荷和樟脑的味道，就像她祖母在世时一样。在她祖母的书房里，天花板已被貂的粪便和尿液腐蚀，书桌上满是从芦苇屋顶上掉落的芦苇，透过天花板上的一个缺洞，你还可以抬头仰望那一方漆黑。窗帘只有最后几段还固定在它的轨道上，其余的布料歪歪斜斜地垂落着，松松垮垮地拖沓在灰尘里。窗框已扭曲变形，再也无法打开。现有的渗透系数。未来的渗透系数。二次提议在此被拒绝，因为它包含了不可执行且因此不可采纳的条款。反对。并非善意。在基本假设已被驳回的前提下。举证责任。

　　想都没想，她便开始清扫书桌上的芦苇，然后又下楼取来扫帚、簸箕、手刷和抹布。在祖母的书房里，在壁橱房里，在走廊上，在小鸟房里，她先是清扫了角落里的蜘蛛网，接着是窗玻璃上的蜘蛛网，她擦去护墙板线脚里的灰尘，随后开始扫地，一间间挨次，往她在厨房找到的旧水桶里倒入灰尘、瓦砾、芦苇还有散落各处的貂的粪便，继而开始清扫楼梯，一阶阶往下，直至她把满满一桶杂碎倾倒在灌木丛里。然后她甩荡着手里的空水桶，穿过那两块草坪，经过那棵大橡树，走上了通往湖泊的小径。半年前，那片有争议的湖岸被重新归入犹太人的地界（显然它之前就属于那些犹太人），她不得不通知转租人停止使用码头，而那座码头也因此至今仍七零八落地堆摞在木工房的门前。但由于篱笆尚未整改，她还是去了老地方（那里旧日通往码头的小径如今只剩一副躯干了），在那湖边蹲下，开始打水。她一手扶着柳树，一手把水桶拖过湖底，然后拎水回屋，开始擦洗二楼的地板。她不得不五次下到湖边取水，才终于把所有房间擦洗干净，而后又经过一番努力，至少成功打开了小鸟房的露台门，这样地板就能干得更快些。透过敞开的门窗，温热的夏日空气涌入房屋；当她走到露台上时，眼前的一切仍是昔日熟悉的模样。阳光洒落在离房屋最近的松树树梢上，宣告着美好的一天。

楼下还有更多的活要忙，因为这儿的暖炉被拆除了，通往车库的墙壁被打通了，园丁的房间也被一堵新墙隔开了。总之，她今天之内是无法擦洗完所有的窗户了。当晚，她用藏在墙内的装置将一楼的黑色百叶窗合拢，从屋内把门反锁，然后躺到楼上小鸟房的衣橱里睡觉。次日，她接着擦洗窗户，第三日，她把那两扇门从洗浴小屋里搬了上来，安回了各自的门铰上，她甚至拖回了那张分量不轻的长桌，她将它一路拖过草坪、门廊，拖进房屋，拖到了大厅里它常年归属的地方。她还在车库里找到了那两把刻有首字母的座椅，但与之配套的皮垫已经腐坏发霉。她开始习惯把车停在主路边上，从那里走下舍弗伯格山的山坡，绕过矮树丛和覆盆子灌木丛，然后在四下无人时穿过那条沙土路。她从未遇见任何一位邻居——他们的房屋不是已经被拆除，就是与她的一样，空置了。有一回，一个雨天，她从小鸟房里看见她的童年好友穿过那块大草坪走下山坡，没多久又带着一把长梯返回（这把梯子至今仍靠在木工房的后墙上，支撑着洗浴小屋的屋顶）。他爬上梯子，整理铺盖在屋顶腐烂的芦苇上但已被风吹乱了的防水油布，并将它牢牢捆绑到屋顶的四角。

幸运的是，那天上午地产经纪人第一次带客户来到这栋房屋时，她还未起床，还在那个衣橱里睡觉。她还在那个衣橱里储存了一些食物和几件换洗的衣物。直到地产经纪人伸手去拉浅衣橱的黄铜把手，也就是那扇装有镜子的橱门，打开浅衣橱，对她的客户说：这儿有一面镜子，直到那时她才醒转过来。她听见客户用手抚摸那面鸟眼枫木饰板，说：可惜它已经变形了。可以修复的，地产经纪人说。然后，现在，显然费了一番功夫，她拉开了通往露台的门，说：你看这儿风景多好。客户说：有些杂草丛生了。地产经纪人说：这一侧绝对是湖泊更美的一侧，毕竟日落永远在西边，她大笑起来，但她的客户没有笑。另外，地产经纪人接着说，另一侧的房屋和湖泊现在被一条漫步道隔开了。所以他们不能直接下到湖边？不能，地产经纪人说，至少他们中的大多数都不能。她说：再看看栏杆上的鸟儿。嗯，客户说。这还是用爱打造的，地产经纪人说。客户没有回应。这栋房屋的建筑师与阿尔伯特·施佩尔共事过，地产经纪人说，他参与过日耳曼尼亚

计划 *。是吗，客户说，这有点儿意思。

　　地产经纪人和客户穿过大厅，走进了那间壁橱房，但在那儿她也能听清他们说的每一句话，她与那些人之间只隔着一扇薄薄的小门。地产经纪人说：现在没有人做这种嵌入式的东西了。确实如此，客户说，但这儿有股怪味，像是猫或者貂的味道。我还从没在这房子里见过貂，地产经纪人笑道，又继续往前走进了书房，房门上镶嵌的磨砂窗格玻璃发出微弱的叮当颤响，而客户显然紧随其后，因为现在一切都安静下来了。过了一会儿，人声再度出现，地产经纪人依然在大笑着，又或是再次大笑了起来。说实在的，这房子不是什么受保护的历史遗迹吧？不，很遗憾，不是，地产经纪人说，客户咳嗽了一声，然后所有人一道下楼去了，然后，直至楼下恢复完全的沉寂，房屋的前女主人才从衣橱里走出来，从小鸟房的窗口望出去，望着地产经纪人和她的客户穿过花园，偶尔驻足停留，指向这个或那个方向，

---

* 希特勒曾宣称"二战"胜利后，要将柏林建成一座世界之都，日耳曼尼亚计划（Germania Projekt）即他为柏林重建工程所起的名字，由首席建筑师施佩尔主持。

比如指向那棵大橡树，它刚刚失去了一根粗壮的主枝，或是洗浴小屋的屋顶，他们就这样一边漫步，一边继续着他们的交谈，不时点头、摇头，在这个或那个地方再次停下脚步，讨论这件或那件事情的具体细节。

地产经纪人与客户初次到访后，现在，一块皱巴巴的防水布在厨房的窗前飘扬起来了，上面写着：出售，还附有一个电话号码，白字映衬着深蓝的底色。刮风的日子里，那块布会如此剧烈地拉拽那根绳子，你在屋子里都能听见它的怒吼。后来，其中一根捆绑告示的绳子松脱了，于是有时，当非法所有人沿着牧人之山的山坡疲惫下山时，会看见那块布整个被吹翻过来，看见它用它那写有白字的脸颊一遍遍地扇打它自己，又一次次地沉落下去。

这栋房屋如今已是四壁萧然，如果她命令它升入空中、飘荡远去，它也不会有多少重量的。从彩绘玻璃窗上流泻下来的光线将陪伴它走上这趟旅程，还有那终于再次打蜡的地板的微光，以及第二阶、第十五阶和倒数第二阶嘎吱作响的楼梯的声音。

现在她想起了祖母当年是如何把洗浴小屋迁移走的，她和她的童年好友一路跟随那些工人爬上了山坡：它和它完整的芦苇屋顶，窗户，百叶窗，和它的遮阳篷还有那两根木柱一起被缓慢地拖移上山，穿过桤木、橡树和松树，被拖移到它位于山顶的新选址。从那绿荫如盖的门前俯瞰湖泊时，湖光之美几乎更甚从前了。但是现在，她已经不知该飘荡去哪儿了。

多少次，在夏日将尽的日子里，她站在小鸟房里，观察地产经纪人陪同这个或那个客户参观花园：一位客户用鞋尖敲打石板台阶，想确认台阶是否平稳，另一位要求地产经纪人带他看看污水坑，第三位则不停摇晃隔壁房屋的篱笆——那篱柱本就已经腐烂，现在只能靠铁丝网固定在一起——直至其中两根篱柱倾倚向一侧。由于房屋和土地并不便宜，她又听到了许许多多次谈话，许许多多次浅橱门被打开，许许多多次湖泊更美的一侧被提及，还有阿尔伯特·施佩尔，还有猫和貂。笑声。这房子不是什么受保护的历史遗迹吧？不是。笑声和咳嗽。又因为地产经纪人不是唯一的到访者，总会有这个或那个继承人之一从奥地利、瑞士或联邦共和国的西边赶到这处地产来，检查一切是否打理得当，偶尔也会有工人上门，或一些熟人顺路过来看看，当地产经纪人发现不是所有东西都与她上回离开时完全一致，她也并不感到意外。

你究竟想要什么？每当她（现在是非法所有人了）与她的丈夫说起这处地产时，他总是说：你在那里度过了美好的时光，这就够了。从她第一次意识到自己不会在那栋房屋里变老的那一刻起，她便再也无法向她的丈夫解释什么了。她的过去已经开始在她身后每一个角落铺展开它的触须，尽管她早已长大成人，她美丽的童年却开始，在这么多年以后，开始追赶上她，甚至长得比她还要高出许多了——它正在长成一座美丽的监牢，一座可能将她永远锁住的监牢。时间，仿佛握有绳索一般，正在将这个地方牢牢地拴在原地，将这块土地牢牢地拴在它自己身上，亦将她牢牢地拴在这块土地之上，还有她的童年好友——她已有九年没有见到他，也可能再也不会见到他了——时间正在将他们二人永远地拴在一起。

外面的沙土路上，她听见新主人的车门砰的一声关上，接着是地产经纪人的车门，最后是建筑设计师的车门。地产经纪人与他们同行只是为了取下她挂在厨房窗外的防水告示。这一次她不再需要陪同她的客户——他们现在被称作新主人——在房屋里走来走去了，她也不再需要重复那些句子，在不得不重复那些句子那么多遍以后，她终于要在未来的十日之内收到她的佣金了，金额为购买价格的 6%，含增值税。新主人和建筑设计师也没有走进房屋，而是走上了那块大草坪，又从那里先是指了指湖泊，然后指了指洗浴小屋，最后指向了房屋的所在。

这栋房屋里的宁谧之感从未像那一日，她最后一次给地板除尘，清扫，擦洗，打蜡，最后一次打开所有可以打开的窗户，让新鲜的空气穿堂而过，然后最后一次关上窗户，最后一次将光线转化为绿色（也带点深蓝、红色和橙色）光影的那一日那般强烈。这一日，她拉上了她在湖水里清洗过又重新挂到轨道上的窗帘，关上了书房镶嵌着磨砂窗格玻璃的房门，就像她的祖母在写作时会做的那样，然后——退得更远一些——她关上了通往壁橱房的房门。她的祖母还缠绵于病榻时，她就已经挑选出祖母最漂亮的一件睡衣，并将它洗净、熨平，这样当那一天到来时，她就可以把它交给故去的祖母，让她带着它上路了。殡仪馆的那位先生答应会给祖母换上那件睡衣，并在整理仪容时给穿着漂亮睡衣的祖母的尸体拍张照片。所以葬礼师一定在尸体火化前给逝者换上了她的蕾丝睡衣，他也一定拍下了照片，一定把它妥善保管在他办公室的某个抽屉里吧。近来在她的睡梦里，她经常会看见她的祖母，庄重肃穆地躺在她面前——但很奇怪地长着一张印第安人的脸。或许与她曾在一张她用来擦拭窗户的报纸上读到的，阿兹特克人认为扫地是一项神圣的行为有关。

现在，她关上了小鸟房的房门，然后关上了那间没有地板的浴室的门，现在她走下了那架第二阶、第十五阶和倒数第二阶嘎吱作响的楼梯，合上了那扇曲柄被藏在墙内的黑色百叶窗，然后在身后关上了——退得越来越远了——那扇门把手会发出一声金属的叹息的客厅的门，关上了厨房的门，把水桶、扫帚、抹布、手刷、簸箕和拖把一一归位，又关上了杂物间的小门，她还是一个孩子时一直相信这扇门真的通往伊甸园，然后她走到了外面，然后终于，她锁上了房屋的前门，虽然她不明白这怎么可能，因为她此刻锁上离开的一切都还深楔在心，而她正在退入的世界却在迢遥之外。她锁上前门，走过房屋左侧的杜鹃花丛，遮盖地下室窗户的窗板上印有"曼内斯曼空袭防御"的字样，她打开大门，又在身后锁上它，穿过篱笆上的小门，离开了前庭花园。她把那串老旧的钥匙放进她的口袋，尽管不久之后，它唯一能够打开的就只有空气了。支付余款。超出法律保护范围。文档编号 B3。请求确认。

尾 声

　　这次拆迁——与其他所有依据现行有效法律在这个国家进行的拆迁工作一样——须遵守两件最为重要的事情。其一，执行拆迁的公司必须移除所有已安装的固定设施，无论这些设施为木制（窗框、门、嵌入式壁橱、镶板、楼梯），金属制（暖气、管道、钢筋），或（如适用）整屋铺设的地毯，并且要有选择地处理固定设施，即按种类分类，这样在拆迁过程中经由排放释出的污染物就可以被控制在最低限度。唯一的例外是，移除窗框时，应在房屋内将窗玻璃从窗框上敲下，等待与其他建筑垃圾一起丢弃，因为玻璃也属于矿物原料。

　　其二，执行拆迁作业时应尽量注意减少震动，以减少尘埃和噪音对环境造成的负担，同时防止附近建筑物出现裂缝。

因此，第一步是拆卸房屋内部。这种规模的独户家庭住宅需要大约五名工人共同作业，他们需要工作三到五天，为第二阶段的实际拆除做好一切准备。

此后，由三名工人组成的工作小组将执行房屋的拆除工作，包括一位操作挖掘机的工头和两位助手。两位助手将在拆除过程中使用手持工具把堵塞的小块物体、木料或金属材料敲碎，并将它们分类归入适当的垃圾箱内。两位助手还必须持续稳定地喷洒水雾，以将灰尘控制在最低限度。这组工人的工作时间大约为一周半。他们最重要的工具即所谓的液压式挖掘机，一件重达 20 至 25 吨的设备，由液压缸驱动的机械臂最长可伸展 9 米。这台挖掘机将使用其抓斗装置从阁楼开始拆除房屋——抓斗颚板微张，便可抓住阁楼的单个横梁，将其直接卸下，归入专门用来存放木料的垃圾箱里，与此同时，那些较小的瓦砾碎片也会被筛落地面。

这之后，墙体将从上到下逐一拆毁，或继续使用抓斗装置，或根据实际情况更换铲斗装置，瓦砾残骸将被归入适当的垃圾箱内。铲斗装置为开放式设备，主要用于装载体积较小的材料或拆除地基，但它也可以，举例而言，用于推倒一堵未垮塌的墙。

这栋房屋长约 14 米，宽约 8 米，高为一层半，加上地下室，也即大约 8 米，组成一个大约 900 立方米的内部空间，乘以 0.25，即 225 立方米的建筑材料。但在计算清运残骸所需的卡车数量时，还须考虑到材料堆压并不紧密的事实，因此还应乘以 1.3 的系数。是以，就这栋房屋而言，我们预估大约有 290 立方米松散堆积的建筑垃圾。鉴于每辆卡车可运输 17 至 18 立方米的材料，这次清运总计需要牵引拖车运输大约 17 次，才能将所有材料运输至柏林郊外诸多建筑垃圾收集区中的一个。水的密度是 1，木头是 0.25，碎砖石估计在 2.2。这些是计算吨数的相应数字。原则上，重量可以由固定体积推导得出。洗浴小屋（长 5.5 米，宽 3.8 米）没有地下室，外部墙体和内部装修均为木制，因此它的重量只占不到 4 吨，而主屋的重量大约有 500 吨。

于是，在为期两周的时间里，先后有五名工人和三名工人分别在这处地产上作业。他们会在上午 9 点到 9 点 30 分停下来用早餐，在中午 12 点到下午 1

点用午餐。休息时，他们会坐在草地上进食、饮水，倚靠着这棵或那棵树抽烟，远远凝望着湖泊。当他们完成整屋的拆除，徒留一个凹坑标记着它曾经的所在时，这处地产看上去仿佛忽然变小了许多。直到人们在同一块土地上建造起另一栋房屋的那一天到来之前，这片风景——纵使须臾——又再度返璞如初了。

致　谢

感谢因德拉·乌索、贝特·普瓦拉、柏林参议院和罗伯特·博世基金会为本书的研究和写作提供的资金支持。

感谢波茨坦摩西-门德尔松中心的迪克曼博士；柏林利苏姆中心的维斯佩尔曼女士；奥得-施普利县地区档案馆的普薇女士；勃兰登堡州首府档案馆的肯德勒女士；柏林国家档案馆的施罗尔博士；华沙犹太人历史研究所的贾戈尔斯基先生；以及克佩尼克区文件存档馆，感谢允许我阅览大量文档、信件、影像资料和照片，它们在我的工作中发挥了至关重要的作用。

感谢韦莱德博士，安德烈亚斯·彼得，埃伦·扬宁斯，克里斯特尔·纽贝尔特-明兹拉夫，伊丽莎白·恩格尔，萨沙·莱温，戈特利布·卡斯丘贝，伊姆加德·菲舍尔，博托·奥珀曼，马尔加·托马斯，伯恩德·安德烈斯和安吉拉·安德烈斯，老伯恩德·安德烈斯和朱塔多里斯·安德烈斯，本克先生和夫人，雷纳·瓦格纳，马里恩·韦尔施，穆勒-赫施克一家，法伯博士，卡拉·明达赫，明达赫先生，赖因哈德·基塞韦特，汉斯-O·芬克，赫弗斯先生，延斯·内斯特沃格尔，弗兰克·莱姆克，扎姆西尔博士，托尔津斯基先生，亚历山大博士，克劳斯·韦塞尔，德克·埃彭贝克，安克·奥滕，伊丽莎·博格，埃尔德曼女士，吕迪格·加卢恩和西格丽德·加卢恩，以及我的父亲和母亲，感谢他们协助我进行研究，并对我的许多问题提出想法、建议和解答。

感谢沃尔夫冈，感谢他的聆听和他对所有问题的无限耐心，如果没有他，那些问题我只能向自己发问。